那飄去的雲

張秀亞

三民書局

代序

母親手中的筆——尋覓美之最高境界

于德蘭

母親在一篇文章中寫「雲」：

你珍惜一段褪色的往事嗎？
你愛一個失去的夢嗎？
……
在你快樂的時候多看看雲吧，
雲告訴你：歡樂易逝。
在你悲哀的時候多看看雲吧，

雲告訴你：一切都要過去的。

《那飄去的雲》中，母親寫孩子們，她一生喜愛天真的孩童，在她眼中，孩子都如天使般可愛。母親也寫愛情路上感情的莫測及心理微妙的變化，有時如同夏日的晚雲。

這些故事中可能有你、我、他的影子，每人生命中所經歷的人和事，我們都要坦然面對，無論是好的或不完美的，這也是人生的一個歷程。她以一些意象、幻思邂逅，許多憶念及想像融合生活現況綴出夢之綠原，形成一篇又一篇流暢動人的散文，小說及詩……，她將讀者帶入一澄明的湖邊展卷，母親自詡為美之境界的拾荒者。

母親由初中時即開始向各大報投稿，一生近七十年的創作文學生涯。她純真有赤子之心，用字典雅、雋妙、生動，有哲思及詩情；她全心全力投入寫作，有自己的作品風格；她寫出的每篇文章都是審慎幾讀通過才寄出，說她寫出的字字句句都是嘔心泣血之作也不為過。母親文章得到廣大讀者喜愛及反響，是她一生最快樂的事。

名詩人、名編輯瘂弦先生說：「張秀亞以不到三十歲的年紀將美文這支火把帶到台灣，四、五十年代創造了文學史上空前未有的女作家活躍時代，張秀亞在那個時代有引領的作用，為燃燈者。沒有張秀亞，美文不會出現也不會有年輕的美文作家。她是承先啟後的推手。」他並說：「張秀亞每篇文章都可入教科書中。她是真正的美文大師。」

因母親的作品不但可提升讀者美的心靈境界，亦給予失望的人力量及帶來希望，她以文字鋪陳出的是一塊沒有任何汙染的文學淨土。

現今世界變了，即使人心也變了，但真理不會變，值得一讀再讀的好的文學作品，更是亙古常新不變的。

母親曾說：「每一位藝術家的生命是一支歌。」母親一生用心以文字為讀者們唱出了優美動人的歌……。無論在任何世代，希望細心的讀者們都感受到這些美文的芬芳，追求更高的文學境界，體會到生命的真諦，每位心中也唱得出一首好歌，使人間更為可愛美好！

自序

張秀亞

這本短篇集子《那飄去的雲》，包括十六篇小說，內容可以分做兩部分，第一輯共十一篇，統稱之為「愛情的故事」，其中都是描寫像那夏日晚雲一般，感情上的微妙的變化，有的是悲劇結尾，有的是喜劇收場。篇中的人物影像多是由觀察得來，另更參以想像力；第二輯共五篇，統稱之為「孩子的心」，歌哭無端的孩子，才是人間畫面上最可愛的人物，他們的小眼睛裡，有真理的映影。孩子們的笑語是可愛的，連他們的淚水也閃著可愛的圓光。

這集子中有幾篇，曾經收入我以前的集子《女兒行》中，如今決定摘取下來，和其他一些新的篇章一併收在這個集子裡。最後，謝謝三民書局的劉經理，繼《愛琳的日記》及《我與文學》之後，又為我出版這本小說集。

五十八年四月

目次

第二輯・孩子的心

第一輯　愛情的故事

兩粒砂

外面不知道什麼時候又淅淅瀝瀝的落起小雨來了，隔著半開的窗子，紀源看到小徑上那些碎卵石，因為受了雨水的沖洗而變得亮晶晶的，映著院中微弱的二十枝燭的燈光，呈現出一杯綠茶似的清光，他憑著窗子站了一會兒，那顏色那光彩使他感到一點暈眩。

雨一點一滴的打到窗玻璃上，像是一聲聲的呼喚，又像是一陣陣的耳語，這聲音是那樣的熟悉，又是那樣的陌生！好久了，他不曾聽到那輕柔的聲音呼喚他的名字，並且湊在他的近邊向他低語了。

落雨的日子，壁上的陰影像更深了，黯淡的檯燈光線，透過了那青色的綢燈傘，也無力驅逐那些陰影，那些神祕的陰影使他想到了孫縵華，那個帶幾分憂鬱的女人，她的長長的濃厚的黑髮，長長的睫毛，在她那略顯清癯的臉上，散佈了神祕的陰影，整年穿在她身上的是深藍色的衣裳——一種比海水更暗的顏色，還有，她的聲音，她的笑，也似籠罩在一層霧似的陰影裡……，這屋子，到處是陰影，也到處瀰漫著關於她的回憶，使他柔弱的心靈無法承擔，他要逃避開它們，他要把這房子租出去，他搖搖頭，又點點頭，苦笑了一下，然後走到抽屜邊拿出了一枝香煙，將它燃著，卻並不去吸，只呆呆的望著煙紋，飄到夜色裡，和雨絲織在一起。

門外是汽車馬達的聲音，接著是一陣人語，門鈴響了，看門的人引進了那個矮矮胖胖的房屋經紀人，後面是一位中年紳士。他的衣履整潔，外披一件淺灰色的雨氅，頭髮已略呈花白，唇邊微有髭鬚，在他的舉止裡有著一種難以描繪的高貴與安詳，他的嘴邊浮著一絲微笑，其中有著無意中流露出來的驕矜，與有意做出來的謙和。由那房屋經紀人的介紹，他知道這位中年紳士姓鍾，由於職務上的關係，才自南部遷來，急於找一幢寬敞的房屋安頓家眷。

「我聽到那位先生說，這幢房子正合我的理想，所以我們來打擾了，我們來得太晚了吧。」那位鍾先生彬彬有禮的說。

「歡迎之至，我只求住戶人口清淨就可以了。」紀源望著來客微笑著。

他們將樓下房間的內部都看了一遍，然後，紀源帶著他們走上樓梯，一邊走著，一邊與來客隨意的談話：

「我正好要出趟遠門，所以急著要把房子租出去，您先生府上有幾口人？」

那位來客一手扶著樓梯旁的欄杆緩步而行，一面說：

「舍下只有三口人，內子和我，另外還有一個僕人。」

「是的，是的。」紀源漫應著。

說著，他們已經來到樓上了，經過半年多來細心培養的洋蘭開得正盛，一盆盆的在綠葉之間綴著白色的星芒狀的花朵，一陣陣不分明的淡香，像是過去的回憶般襲人而來。雖是在落雨天氣，且在暮色中，憑著樓欄仍可依稀看到屋前那座小園，一架紫藤在零落的開著，一些殘瓣在風雨中飄然而落，遠處那座青色的山巒已和灰色的雲片融合在一起，看不清楚了。

那位來客覺得十分中意，很誠懇的對紀源說：

「這房子住得很乾淨，建得也很別致，我很願意能夠租下來，不知每月房租要多少，還有什麼押租或者預付多少租金的條件嗎？」

「只要你中意，一切都好說。」紀源不知為什麼，聽到這來客說對這房子中意，他並不感到怎樣高興，反而心中感到一陣陣痠楚。當初這房子是他和孫縵華一同設計建造的，他們預備在婚後一同住在裡面，不巧的是，房子才落成幾個月，他因事去了一趟南洋，在那裡停留了半年，那可詛咒的時光，竟造成了他一生的憾恨！在那期間縵華也考取了留學考試，未及等他回來，她就遠適異國，進入一所音樂學院學習聲樂去了，他回來之後，她已不在國內。兩人起初還零零落落的通著信，但是，五年以來，她的信也斷了，此刻，他凝望著那花架，彷彿又聽到縵華的聲音：

「哪，等著紫藤花開放的時候……」

紫藤花開放的時候！花已默默的開放了五次了，只有他一個人在花架下拾取落瓣……。

聽到那來客讚美著這房子的設計，他的心像在滴血，但他不得不勉強將這場面應付下來，當初是自己貼的招租條子呀。

「如果你還喜歡這房子，我們就可以商量著訂租約，每月一千二百元，一年分兩次交租金。」

來客低聲的向那房屋經紀人說了幾句什麼，然後回過頭來向他說：

「一千二百塊，是不是太貴一點了？這不同在臺北呀。」

房屋經紀人插進來說：

「紀先生對您鍾先生已經很客氣了，換個人這個數目他大概還不肯租給呢。」

紀源苦笑著點了點頭。他們又來到樓上那間起坐室，他捻亮了掛燈，第一個向他的眼睛射來的，是對面牆中間掛的一張背影，啊，這張照像懸掛的位置，還是縵華自己選定的，他當時曾在她的指點下，爬上了凳子，去釘那掛鏡框的釘子！那笑聲，那帶著陰影的軟綿綿的笑聲，伴著他清脆的釘錘聲……，外面的雨像是又大了，雨聲琤琤的，似是夾雜著當年那釘錘敲擊聲……。

「好極了，這間屋子頂寬敞，……我們就這樣吧，明天我再帶著內人來看一下，我們就可以簽約了。」來客爽朗的聲音，打斷了那響在他耳邊的雨聲同釘錘聲……。

他送來客及房屋經紀人到門口，看他們坐進一輛銀灰色的轎車裡，雨仍然落著，有節奏的……。

他吩咐傭人晚飯不必開上來了，一個人走進樓上那間起坐室，拉了一把椅子，挨近窗子坐了下來，在淡黃的燈暈裡望著窗外越來越深的夜色。房子這次可能是租出去了，大概不會再有什麼枝節，明天等著那位太太來看過後就可以簽訂租約，不久自己就要搬出去了，搬到何處去呢，他還未曾想到這個問題，到各處去旅行一番，「流浪」一個時期，然後再到山上的林場附近找一間小屋住下來，專心的鑽研自己喜歡的植物學，或者從事寫作，山林間的景色與伐木工人的生活，就足夠自己描寫一個時期的了，至於以後的事呢，一時也懶得再去想了……。他的眼睛無意中又望到屋中擺三角几的那個角落，啊，就在這個屋角，她曾經佇立過，著了那件淺灰鳳尾呢的長衣，頸間綰著一條杏紅的圍巾，她曾含著神祕的微笑，站在那裡讓他拍照，當她偶爾轉過身去時，被他悄悄攝得了這張動人的背影……。他不知不覺的走到那個屋角，緊緊的貼牆而立，聽著外面的風雨更急了。

他幾乎一夜未能成眠，對出租這幢房子的事，他簡直有點懊悔了，讓自己緊緊的擁抱住那傷心的回憶吧，為什麼要擺脫了它？他真不想將這房子出租了，只是又已經答應了人家。

天快亮的時候，他才倦極而睡。睜眼一看腕錶，已經快九點鐘了，十點鐘時，那位鍾先生就要來了，而且還有一位太太同來，他無可奈何的起來，吩咐僕人好好收拾一下房間，自己草草的盥洗完畢，端著一杯濃茶，又坐在起坐室的窗前發了一會兒怔。窗外的雨不知自什麼時候起已經停了，但仍然聽得見階前樹間滴滴嗒嗒的殘點聲，陰雲仍未散去，隨時仍有再落雨的可能，他凝望著腕錶，恨不得永遠不到十點鐘，那個房客同他的太太永遠不會出現才好。

門鈴又響了，他強制著自己下樓出迎，前面是那個鍾先生，後面是一位女客，她的鞋子的金屬後跟在石階上發出細碎的清脆的聲音，他將手伸給那位高瘦的鍾先生，說了聲「早安。」鍾先生閃開身子，將後面一位雍容華貴的婦人介紹給他：

「紀先生，這是我內人！」

他簡直有點不相信自己的眼睛了——仍然是長長的頭髮，長長的睫毛，只是那一臉憂鬱的陰影似乎更為加深了，那張塗得異常紅艷的曲線婉美的小嘴，似乎在輕輕的抽搐著……。

他惶亂的伸出手，握到的只是幾根塗著淺色蔻丹的指尖，仍然那麼細瘦，那麼柔軟，但是多涼啊，並且，在輕輕的顫抖著。

他簡直不相信那嗄啞的聲音是自己發出來的了：

「請進來坐坐吧，喝杯茶！」

那位鍾先生卻是興致很高，望著他的太太，一直滔滔不絕的介紹這個房子的優點，什麼房間大啦，空氣流通啦，房子很高啦，庭園很廣啦……。

那位太太只怔怔的心不在焉的聽著，紀源呢只覺得有點怔忡不安，坐也不是，站也不是，一直在地板上來回的踱著，他像是被一團火燄在炙烤著，又似置身於冰山之巔，發冷作熱。

半晌，那女客才說話——仍然是軟軟的語調，像患了傷風似的，帶著濃重的鼻音——動人的憂鬱的調子啊：

「我只聽你說房子在城南，卻沒想到是這一幢……」

「怎麼你來過嗎？」鍾先生隨意的問著。

那憂鬱的語聲是：

「我怎麼會來過呢。」

紀源的心中，像有許多道亂流疾湍奔騰而過，他一句話也沒有說，只以眼睛睨視著椅子上的她，她——一個陌生人的太太，曾經一度佔據過自己心靈的孫縵華！奇怪，雖說人生何處不相逢，但是怎麼神使鬼差的，她竟然成了自己的準房客！是的，你怎麼會來過呢！這屋子裡到處有你的足跡、你的影子，甚至你的聲音、你的髮香都仍然留存在這房子的空氣裡！

好像那女客也理會出自己態度的過於板滯了，她施施然走到窗前，望著那庭院中的一架零落的紫藤花，像當年一樣，將面孔頑皮而愛嬌的貼在窗玻璃上，低聲的說——那聲音聽來更憂鬱了：

「紫藤花開過了。」

紀源站在她身後回答著：

「呵，現在都要謝了。」他發現窗外紫藤架上又落起雨來了，自己的聲音也似為雨點沾溼了。

「縵，你到底對這房子中意不中意？我們可以請紀先生帶我們到樓上去看看……」

紀源怔怔的望著她，他發現那雙憂鬱的眼睛裡也似濺上雨珠了，她並未抬眼去看她的丈夫，只低頭打開了手袋，拿出了她那黑絲織的滾有米色細邊的手套：

「我看不要麻煩人家了，我們商量一下再決定好嗎？」

「也好！」那位百依百順的丈夫，對他太太的態度有點疑惑不解，但他似乎又不敢多問，只自衣架上取下了雨衣，為她披上，然後又望著主人說：

「紀先生，真對不起，我們也許過些天再來，你知道，我很欣賞你這座房子的設計！」

聽到鍾先生說到了這個房子的設計，紀源的心旌不禁又搖曳了一下，同時，他感覺到那一雙憂鬱的眼睛像流星似的向他射來，他痛苦的低下了頭，默默的在心中說：

「再見了，愛情，憂鬱！」

一陣腳步聲，——金屬鞋跟踏在石徑上是那麼的清脆，清脆得刺激著他的神經末梢——幾聲再見，一陣汽車的馬達聲，他們走了，走了，只將他自己留在這所房子裡，伴著四壁間的陰影，聽著越來越密的雨聲……。

他在方才他們坐過的屋子中轉了兩個圈，走近她才坐過的椅子，空氣中似乎仍瀰漫著她用的克司玲香水的芬芳，他以手支頤，在那椅子上坐了一會兒，他簡直弄不清方才那一幕是真是幻，是機遇，還是命運？不，不，什麼都不是，只是一個大盤子的兩粒砂子，無意中被簸搖著離開了，無意中又被簸搖著聚合了，這聚散又是多麼的匆匆！但是，他敢斷言，這兩粒砂不會再有第二次相聚的機會了，因為那砂盤太大，砂粒又太多！

他簡直無法再在這房子裡坐下去了，帽子未戴，雨衣也未穿，他就跑了出去。他那忠心的老僕人站在門邊，以驚訝的目光望著他，知道他向來的怪脾氣，也不好多問。他像一枝箭似的猛衝到大街上，雨絲溼了他的頭髮，溼了他的臉頰，他像是失去了知覺似的，只向前跑去，拐了幾個彎，在巴士站附近的廣告牌前，他站住了，將他前些天命人張貼在這裡的「吉房出租」的紅色紙條一把撕了下來，攥成一個團兒，塞在外衣的袋裡，用手指狠命的捏著，捏著。

然後，他又靜靜的踱了回來，他的頭髮，已變成一條條又短又黑的水蛇，不過，經過雨水的一番洗滌，他覺得輕快多了。他回到那間屋子，仍坐在那把椅子上，雙手托著腮，諦聽著外面的雨一陣緊密，一陣稀疏……，那雨聲似只反覆的重述著：「兩粒砂，兩粒砂……。」

五十三年一月

池邊

清晨九、十點鐘光景，那所公立醫院灰色大樓後面的花園裡，正有一些症狀輕微，及漸趨康復的病人們，在草坪上曬太陽。他們都穿了一式的藍色條布的晨褸，在那裡坐著，走著，有幾個人還扶了手杖。

佩琪也著了同樣的服裝，抱膝獨坐在那洋灰砌的噴水池邊，她以憐憫的眼光望著那些病友們，真是怪可憐的，一樣的服式，一樣的倦怠的表情，簡直像是一些囚犯，一些被病魔拘囚來的犯人，如今有的雖是蒙到特赦最近就可以出去了，另外的一些呢，還得呆在這兒等著發落……。

她望著那座灰樓後面的白色小圓窗，以及噴水池邊開得正爛漫的一些鮮紅杜鵑，這綺麗的景色更襯出了自己生命的蒼白！初春的朝陽照著

她那雙纖瘦的手，瑩白的指甲，真像羅丹雕刻的那手像，但似乎更優美得多。她嘆息了一聲：這也是病魔的成績呢！兩個月來幽閉病室，只進流汁食物的生活，使她疲弱不堪，連這雙手也不像她的了！如今是痊好了，幾天內就可出院，但是又得坐在那架可怕的打字機旁，一聲聲的以這兩隻手來敲碎了一天天的光陰了。那單調的機械式的生活，似乎比病中更為難熬，她記起一位作家說過的一句很幽默也很沉痛的話：

「因為自己一無所長，轉而來虐待這一雙手了。」想著想著她不禁歇斯的里的將兩手壓在唇邊，兩滴清淚也沿著頰邊流到了手上。她想自己是個無人憐惜的人，但這悲劇式生活的形成到底該怪誰呢？十多年以前，自己總願意生活得像一隻天鵝，哪個年輕多幻想的女孩子不是如此呢？這隻白鳥只願孤獨的棲身於橫塘葦叢裡，編織著一個屬於自己的夢，這夢因無人能分享而格外顯得美麗！如今她已無法再編織那樣的夢了，但是也已無法擺脫那份孤獨。十多年來，只在一家貿易公司裡擔任打字員，除了優厚的薪水，更無其他！在未進入這家公司之前，她曾在一個機關做事，上司是一個能幹而寬厚的人，只因為她駭怕他向自己盯視的那雙眼睛，遂倉促離職。她離去後，那位上司曾給她寫來一封信，其中的兩句是：

自從你離去後，我發現自己失落了一件東西！

她並未仔細閱讀思味那封信，只匆匆的寫了一封信去辯誣，說她是一個才出校門的純潔女孩子，不會拿任何人的東西！如今想起這些往事，覺得自己不但幼稚得可笑並且可悲，如今常常想到那個失落東西的人，更願意幫助他找回來，但是時光已過去十年了！此刻，這個在病中很久未曾來打擾她的影子，又分明浮現在那清澈的池水上了，那個面孔上，浮著一絲嘲笑，又像是漾著一絲同情……。

她將手垂到池中，撩著清涼的池水，預備將影子攪碎，池水自她的掌心漾過，又沿著她的指尖流去，她眼睛溼溼的凝望著那嘩嘩作響的水花，深深的感覺到自己竟然把握不住它。

忽然她的身後傳來了腳步聲，這本來沒有什麼奇怪，奇怪的是那腳步聲竟然停止了，一個人分明在她身後站住了。她回過頭來，見一個中年男子正向她望著，他的頭髮蓄得很長，蓬鬆而凌亂，有著像菲律賓人一般深色的皮膚，方方的下顎上，生滿了短短的髭鬚，像是一片未經修剪的草地，這面容可以說是有幾分醜陋，但是正如法國現代的畫家盧奧的一幅頭像，著色很濃，筆觸粗獷，卻有著豐富的內蘊，它的醜正是它的美。

她暗暗的吃了一驚，這個人當真出現在她的面前了！人生真比故事還要離奇！她真不知如何應付目前這個場面了！自己還要遁走嗎，還是要呆在這兒呢？

這相遇使她在驚詫中混合著喜悅，但她希望這個人趕快走開，她好鎮靜一下自己，而他卻偏偏不走，在她的面前站定了，仍以當年那一雙怪眼望著她：

「噢，真巧，林佩琪小姐，我萬萬想不到會在這裡遇見了你……，時間過得真快，十多年已經過去了，你是什麼時候住進這醫院的？已經快好了吧，我患的是高血壓，再住兩天，也可以出去了。」他說話的時候，眼睛一直不曾離開過她，一邊說著，自衣袋中摸出了一枝香煙，熟練的以打火機燃著一支煙，煙紋在他的髭鬚鬑鬑的口邊繚繞著。

「我的胃有點不好，最近已不礙事了。」她以短促的語句回答著，心中在嘀咕著：天哪，他最好先不要提起我那封回信的事吧，那會使得自己多窘，真希望那封信他並未收到。

他彷彿窺透了她的心情，以極其低緩的聲音說：

「我們到那邊走走吧，你沒理會嗎，那麼多病人的眼睛直盯著我們呢……。」

她不大願意陪他走，卻又找不出什麼理由來拒絕他，只有跟著他向那一大片灌木叢走去，池水的聲音中，混合著他們的腳步聲，她真不相信這一幕是真實的！但是，並非夢中！他已自口中拿出了那段煙蒂頭，將它拋在草地上，然後用腳踏滅了上面的火星，以帶笑的聲音說：

「你那次走得那麼突然，我真以為自己是什麼地方得罪了你，於是，我就寫了那封短信給你，使你明白我的心意，啊，末了你的信來了，……是那樣的一封信……」他又以那特有的爽朗的聲音笑起來了，直笑得她滿臉通紅，「我更知道你是一個多麼多麼天真純潔的……」說到這裡。他頓住了，好像不知如何繼續下去，稍停片刻，他才說：「那時候，也許可以說你是一個孩子吧，現在我卻不知道如何稱呼了……是叫你小姐好呢，還是別的更尊貴的稱呼？我記得你那時的短短髮式，走路時活潑的樣子，還有你總愛在領際扣一支提琴式的別針！……」

她一時不知如何回答他才好，他又繼續著說了下去：

「告訴我，我後來寄去的信為什麼都被你退回來了？你更改了地址怎麼不肯告訴我一聲呢？」他那樣深情的注視著她，她的心中突突的跳動，她不知道他為什麼又提這些事，是否已經發覺了她已不似從前那般固執了，但是，在這短促的會晤裡，她並未將自己心理上的弱點顯示出來啊……。正當她囁嚅著不知如何作答時，一個白衣的護士來找他了，在護士身後不遠處，站著一個身材嬌小，年紀很輕的女孩子，手中捧著一大把康乃馨，分明是找他的，他遂向佩琪揚揚手：

「等會兒見！」逕自同那個女孩去了。

佩琪一個人回到病房裡，陽光隱去了，屋子顯得很淒暗，她站在窗口，絞擰著雙手，俯首下望，已經看不到那兩個人影！她感到心中異常紛亂，她想微笑，又想哭泣，她意識到自己在他的心中仍留有深刻的印象，他竟連自己的髮式都記得……，甚至於自己那一枝小提琴式的胸針……，他也知道自己仍是一個孤零的打字員嗎？他呢，他的生活圈子裡是否有如他的心境，照樣能容得下她？她有點後悔到這個醫院來，在這出院的前夕，竟又為一種莫名其妙的病所困擾……。

當那位值班的護士送進午飯來時，她故意把聲音語氣顯得極其輕緩，問著她：

「方才那位來找李先生的是誰？一個很年輕漂亮的女孩子！」

「聽說是他的太太，很漂亮，是不是，但是，好像年紀太輕了，像李先生那樣的人，倒是該有一位三十來歲的太太呢，……不過，他們的感情倒像是很好，也許男子年紀大一些倒無所謂，只是我們女人年紀大了就……」那護士說到這裡望了她一眼，笑了笑停止說下去了。

那位護士興致好像很好，說了這麼多的話，佩琪卻聽呆了。她聽著窗外的噴泉聲，好像重覆的說著一句話：

「太遲了！」

飯後她竟也無心睡午覺，自己冒著熾烈的陽光，又來到池邊，自方才李站過的地方，揀起了幾枚石子，拿回房去，她凝望著這幾枚石子，好似又看到那張面孔，像是盧奧畫的頭像，色彩很濃，線條粗獷，但是，表現著與眾不同的個性，與豐富的內蘊……。

「石子，你們在人間，在這池邊，已經看過多少人間的悲喜劇了，告訴我，還有比今天再令人感傷的一幕嗎？當我不理解愛是什麼的時候，愛是可能的；當我理解了它，預備接受它的時候，它卻變成不可能的了！」她向著幾枚無生命的石子在低語的時候，窗外傳來了雜沓的腳步聲，是大夫帶著護士來檢查病房了，她趕快把那幾枚石子塞放在枕頭下面，掀起被單來蓋好了，假裝午睡才醒。

大夫看了看她的病況記錄，向她笑著說：

「好了，一兩天就可出院了，不過要小心，要保持精神上的寧靜！」

她默默的點點頭，窗外，一個女人的影子閃過去了，水綠色白花紋的衫子，短短的髮型，她想起這就是那個來看李的人，他的年輕的妻子！她好像觸了電一般，心跳好緊。她轉過臉來向著大夫說：

「謝謝大夫兩個月來對我的細心治療，我想，我還是早點出院吧，反正已經好了。」

「急什麼？兩個月都過了，這一兩天都不能等嗎？你要什麼時候出去？」

「今天，……就是現在。因為我突然想起了一件待辦的重要的事，我給人家已耽擱得太久了，明天已到了最後的限期。」

「也好，」大夫望望護士，眼中猶未消失他那詫異的表情，「不過請你每過一個星期來檢查一次，不要忘了服藥。」

「好的，我一定記著。」

俟大夫同護士們走出了房門，她趕快起來收拾衣物，像一個逃犯般匆忙，她怕走晚了會再遇到那個李！那個可怕、可愛、而又可恨的人！她想，男子們平常總愛說女人是個難解的謎，但最難懂的還是男子的心理，為什麼一個有了家室的人，還要向從前自己部下的女職員再談往事！他再也沒想到他那些話在她心中的投影有多麼深！

當和醫院結好了賬，她預備登車離去時，她向他住的病房的窗子瞥了一眼，靜悄悄的，他大概午睡正酣！她將適才放在手袋中的幾枚石子，又輕輕的放回池邊原處，向它們悄聲的說：

「再見了，你們要默默的記著我呢？還是把我忘記？」

當車子在多陽光的大路上走過時，她覺得自己的病當真已霍然而癒，望著藍天白雲，她默禱自己不要再為病所苦了。

山楂花

第一信

吾友：

我好久不曾寫信給你了，不是由於忙，更不是由於病，而是，而是……，呵，我何必向你隱瞞呢？……我的生活起了點變化，對你，我想我不應緘默，我應詳詳細細的將我生命中的第一個緋色的故事告訴你，你是我唯一的知友，我想你一定願意分享我心上的快樂，並分擔我的憂愁，我要向你傾訴，啊，當一個人陷於情感當中時，他的心靈多麼需要另一顆充滿同情與關注的心靈來傾聽它呵，……目前，我不知道浮現於我未來的歲月當中的，將是一些什麼樣的景色，一切，只有交付給司命

運的珂蘿佐女神安排吧，如果勉強用字句來描寫我此刻的情況，只有借用《謎》的書中的句子吧：

他酣睡著，看見了五色的雲橫在他面前。

事情說來原也是平淡無奇，還不如一般時下流行的短篇小說動人呢，我告訴你吧，在一個極偶然的場合，我認識了一個女孩子，她那微帶冷淡與孤傲的神情，她那不太趨時的衣裳，都顯得與別人不同，她是那麼的年輕，那青春的生命，就像向著陽光的薔薇，我第一眼望到她時，便立刻覺得她是在我心中徘徊了多年的影子，這真是一種奇異的「似曾相識」的感覺呢，她的影子，使我廿多年來無光無色的黯淡生命，頓時有了精神，有了氣息。我靈魂的窗子為她開啟了。……以後的事呢，你當然可以想像得出來，凡是在這個時期一個青年男子所能做出來的愚昧可笑的事，我都表演了一些——例如寫信，獻詩，贈送花束，……總之，這個言情小說的開端，我是以全部的生命力寫出了，至於它的結尾呢，卻是神祕難知的，吾友請你為我祝福吧，祝福它不致成為未完成的傑作。在藝術上，我們往往嗜讀有悲劇意味的作品，但在實際的人生中，我寧願這是一篇平實的故事，有一個凡庸的喜劇式的收束。

一個人陷入感情的漩渦當中時，內心感受是如此的繁複呵，有時我覺得自己是個快樂的王子；有時又覺得如此的無望無助，泫然欲泣。有時我覺得是處於榮華時代的所羅門，我驕矜得像是擁有了世間的一切；但有時，整個的心靈卻如一片荒蕪的空谷，呵，愛情之絲將我懸在半天，此心無時無刻不在夢想與恐懼的兩極間轉折往復。吾友，我愛她愛到發狂了，但是，生平第一次我感到自己無比的傖俗，貧窮，癡呆……，我實在願意將一切都獻給她，恰像蕭翁所說的，將心臟挖剔成一個寶盒來獻給她，然而，這在她也許是不值一顧的呵。吾友，你是過來人了，你會指示我如何鎮定自己，我以後會隨時將發生的一些事告訴你的，祝你晚安，我的真摯的友人！

第二信

吾友：

你的信我已經收到了，我含著熱淚讀完了它，好友，謝謝你的祝福。

昨天，在我的愛情史上，真是一個可紀念的日子，我和她有一次極愉快的會晤，地點就是在我住處附近橋頭一家小冰店裡，後來，我們踱過了那一道拱背的石橋，一同到那傾圮的城樓邊去給西下的太陽送別，直到夜色來臨，我們還一直在灑著淡淡燈影的街頭徘徊。末了，我低聲的問她：「一直這樣走下去你不累嗎？」她輕輕的搖搖頭，我又說：「我真希望這一條路是通向幸福的城郭的呵。」她悄然的笑了，那麼純潔的笑呵，在她的微笑裡，街旁的燈球像是一下格外明亮起來了，我癡癡的向那些輝明的燈球望著，她問我說：「你在望什麼？」我答說：「望這些可愛的燈球，它們看來都有點膨脹了。」她又問我：「燈球還會膨脹麼？」我笑了：「你知道，這因它們今晚感到太多的快樂！」聽了我的話，她不再說什麼了，但她的臉上流露出高興的神色。

她的故鄉原來也是在富春江畔，和我是同鄉，但她說她是出生在外省，對故鄉的風物，一點也不清楚，我向她敘述到那兒美麗的景物，她聽得感動了，輕輕的嘆了一口氣：「什麼時候能坐在船上，看那綠色的江流呢？」她動了鄉思了，我告訴她，希望那時候，我會做那幸福的船夫。……富春江的話題，使我們的情感更為接近了，我感謝它。

分別的時候，她約我明天到她家去，她說她的父親是一個老教師，她的母親更是極其慈祥的，她更說他們由她的敘述，對我已有極好的印象了，但我告訴她，我要過些日子再去，以免顯得太冒昧。

吾友，我還未告訴你，她的名字叫瑜，我也要你和我一同默默的唸這個名字一百次，因為，它是代表一個最可愛的人的最可愛的符號，如果我有那權能，我要在所有的字典中將這個字以玫瑰的彩色標印出來，它的另一個意義，就是愛呵！

第三信

吾友：

外面在落著濛濛的雨，一隻寂寞的小鳥在哀鳴著尋求蔭蔽，我此刻的心情，也很像那灰色的愁鬱的天空呢。

不知什麼原因，瑜好幾天沒見了，也沒有信來，一日皆在等待、失望、憂急中度過了，呵，我是如此的痛苦，如此的痛苦，我真懊悔，我和她不該相遇。像以前，我孤獨的生活著，沒有快樂，但也不認識憂愁，如今，快樂像是雨後偶現的一抹斜陽，不多時，暗沉沉的黑夜，竟遮覆在我的心上了。

吾友，伸出你的手來，給我力量吧，使我早日脫出這情感的網罟，我既不想望天堂了，也便不會墮入深淵了吧！愛情的甘美我未曾嘗味，如今卻已先領略了它的無限澀苦……給我力量吧，我要擲碎了這個苦杯……。

呵……外面有叩門聲，是她嗎？……

……

吾友，此刻我才自外面回來，適才我和她在×園芳香的樺樹下談得很快樂，……直到這一秒鐘，我還興奮喜悅得心跳，這封未發的信，我就匆匆再加幾句寄給你了，……你也可以看出一個在戀愛中的人在情緒上是如此瞬息萬變，無法自我控制，在情人們的季節裡，往往是夏天才去，冬日又來，秋季未完，卻又是聽到畫眉的仲春了。在愛神之前，我感到自己是如此的無力，呵，就像紀德所說的吧：「這怯弱的心，只有任憑愛情作主！」

第四信

吾友：

我又有幾天未給你寫信了，我如今是沉浸在幸福當中了，為我祝賀吧，……在我的感覺裡，這古老的世界中，一切都顯得如此美好，如此奇異……，這使我記起了誰人的詩句：

奇異的是這幽暗，廣漠的原野，
奇異的是這茫茫多雲的碧天，
奇異的是草原上的禽鳥，
它聲聲的在急促鳴喚！

山楂花開在我們的身傍，
南方的香息籠罩著我們，
白色的山楂花在夜色裡看來是多麼奇異——
一吻印上了我的嘴唇。

雖然這詩所寫不見得太切合我目前的景況，然而這位寫詩的人當初的感覺和我是相同的，——他拈出了「奇異」二字，再妙也沒有了，世界在我的心目中，卻是出奇的改變了，變得如此的可愛，如此的溫馨，……我走到街上，好像每個人都在向我微笑，我真要和他們每一個人握手，並大聲的向他們說：

呵，祝賀我吧，祝賀我吧，我是幸福的呵！聽呵，她的腳步已走下有迴聲的樓梯來到我的身旁了……。

呵，我是感到如此的快樂，如此的快樂，世界也變得如此的美麗，如此的美麗呵，到處像是有櫻草的蹤跡，到處似聽到畫眉的歌聲了。好友，你知道這一切的原因何在？使現實發生了如此巨大變化的魔術是什麼？說來也簡單，我的親愛的朋友，只因為，那一分鐘，那一秒鐘，（那可祝福的時辰！）自她的唇邊輕輕的溜出了一個字，她的聲音是那樣低，但是我清清楚楚的聽到了，立刻，歡悅如同噴泉一般，在我的心上琤琤而流了，她是多麼的偉大，多麼的慷慨，多麼的可感呵，她竟會俯首來愛我，愛上我這貧苦、孤零、無學的人，這真是一件無法以常理來解釋的事情呢，這只是愛做成的奇蹟呵。她真是一個女神，一個不嫌棄凡人的女神，好友，我真希望有一天我可以帶著她來到你的面前，你一定也會讚美她，尊敬她的，為了她竟會降尊紆貴，向你的最卑微的朋友施捨了如此崇高，如此美麗，如此聖潔的感情，……我多麼希望有一天我的好友能看到我的瑜呵！

我不再猶豫了，我決定明天去看她的父母，我想，我也不必帶什麼禮物去。真如瑜所說的，我有一顆真誠的心，那會裝飾了我，那會使我顯得與別人不同，她說，自若干人中揀選了我，也是因為這個緣故。她說：「莫覺得你自己寒傖吧，你怎會知道呢，純真的心，是像純真的金子一般的發著光，是一切東西掩蔽不住的，它會使你的頭上，顯出燦爛的光暈來。」聽了這麼可感的話，我能做什麼呢？好友，我那時流淚了，並且，立即，我的臉上的淚與她臉上的流匯在一起，——我第一次熱切的吻了她。

第五信

吾友：

我昨天到瑜的家中去了，在那綠藤蔭覆的素樸宅舍中，我度了一個愉快的週末。我看見她那慈祥的母親了，啊，真是奇怪的遇合呢，原來她的母親就是我一位遠房的表姨，我在很小的時候還隨著母親同叔叔到她家去過（這位表姨母還提到我在她家後院摘葡萄，被黃蜂螫了面頰的事。）……後來因為遠遊的姨夫回來，不久就攜眷到上海去了，從那以後，我就不曾再見到她。表姨離開故鄉的時候，我才不過是個四五歲的孩子，如果不是今番重逢，我真忘記有這麼一位姨母了。但是這和善的老婦人，卻還記得我——當年村裡那個最頑皮的孩子，她見到我是如此的激動，她頻頻的拭著喜極而流的淚水，一邊問著瑜：

「呵，你從哪兒把文找來的？唉，我已快二十年沒見這個好孩子了，說起來，他還是你的哥哥呢，傻孩子！」旁邊的瑜直聽得有點莫名其妙，只悄悄的向我微笑著霎眼，瑜原來只告訴她的母親，和我是在一次晚會中遇到的，只是一個普通的朋友，至於我們的深厚情誼，這位老太太以後自然慢慢會明白的，我想那時候她會更高興了，因為我是她喜歡的孩子呵。她還記得我的乳名呢，這個好心腸的老婦人，一會兒摟住我的頰頸，一會兒仔細的端詳著我的眉眼，呵，她的淚又湧出來了：

「啊，你長得多麼像你的叔叔呵！」她說著竟哽咽的哭起來了。

瑜曾告訴過我，她的母親年輕時是很美麗的，我相信這話。如今雖然已可怕的衰老了，但是在華鬢與皺紋之中，她當年的容輝仍依稀可辨。瑜的父親也是一位可敬的長者，他的房子裡堆滿了各種的書籍，高與天花板相接，取書時得憑一架木梯，真是一位淵博的學者呢，在學校裡，他是講老莊哲學的，他對我也是那樣的關切愛護，和我談了許多治學的問題。

在那屋頂下，好友，我受到離家以來最親切的待遇，我想這是我所寫的「流浪曲」該結束的時候了。飯後，瑜伴我一同到溪邊散步，溪水的盡頭，便是一座私人的農牧場，一邊植農作物，一邊畜牛羊，中間以短短綠漆木柵隔開，周圍遍種開白色小花的槿樹，向晚時候，格外幽香，田塍上，還有一些割稻的農人及小孩未去，稻葉的芳鮮氣息，沁人欲醉，我真希望有一天我們也有一片農場，瑜也是熱愛田園生活的。在那兒我們徘徊了許久，直到月亮上來，我們回去，還檢了許多農人棄置的穀草，預備回去為表姨新種的大麗花編個棚子……。

吾友，這一天我太快樂了，純樸的景色，純樸的心靈，純摯的感情，這三者還不夠為幸福下最妥切的定義麼？飄流多年，人世間給予我的傷害，我都輕輕的忘懷了，如果還有一些不能忘淨的，我都微笑的加以寬恕了，「以一切為可愛，則我也變得可愛了。」我還有什麼理由覺得一切不可愛呢，既然被如此純樸的心靈如此純摯的愛著？這世界，這人間如今對我已是太好了，它目前所給予我的，千百倍補償我所受的損害而有餘。吾友，你說不是麼？

第六信

吾友：

來信我都讀到了，它們給予我無限的慰藉，此刻我伏在枕上寫這封信給你，算起來距上封信已隔了兩週了。這並非我有意沉默，這中間我曾小病一場，如今已經稍痊，但日復一日，我的心病加劇了，唉，世事真是多變化的呵，這兩天縈繞我心頭的是一句昔人的詩：「彩虹易散玻璃碎。」呵，這好像是針對著我的故事而寫的呢。

十多天以前，在下班後我曾去看瑜，那天正好她的家人都出去了，只有她同一位女傭在家，我進去的時候，她正一個人坐在天井沉思，那時刻庭院中十分寂靜，只有零碎的鳥語同院角水龍頭發出的嘀嗒響聲。我悄悄的繞到她身後，預備叫她為了我突然的來臨而感到驚喜，她聞聲抬起頭來，是一張怎樣蒼白得發青的面孔呵，她斷斷續續的告訴我，她的母親已覺察出我們的情感不同尋常，而嚴厲的制止我們的繼續來往下去……。

聽了那些話，我心痛如刺，我問她，到底她的母親，那如此喜歡我的老表姨，為什麼突然憎厭起我來了？

她手托著下頦，望著階上青苔，低聲的說：

「我問了。」

「到底為了什麼呢？」

「她也沒有說出什麼原因來，只是說無論如何不許我同您戀愛。她的口氣很堅決，……但是說完了之後，她自己也哭了。」

我如同受了電擊，幽靈一般的踱了回來……至於是怎樣走回來的，我自己也說不清楚，我的頭腦，我的四肢，竟像是痲痺了，我本想翌日再趕到她家去當面問問那位老太太究竟是為了什麼原因，但我的心中如焚，我發了高燒，……一耽擱，就又是好多天在憂戚中溜走了，此刻我已清爽了一些，我預備一二日內再去看看那個老婦人，當面哀求她允許瑜和我相愛……你等著我的信吧，啊，如今我已面臨生死的關頭了，吾友，我的心跳得很厲害呢，它似乎要跳出我的口腔了，它要鮮淋淋的，熱騰騰的，跳躍到那位殘忍的老太太面前，大聲呼號：

「我是，我是如此真摯的熱愛著你的女兒呵，請看這血，這熱，這淚吧！」

第七信

吾友：

我的心碎了，呵，我該如何向你來描繪這不幸的際遇呢？如今我是籠罩在一片灰雲愁霧中了……瑜，那可愛的甜蜜的孩子和我是無辜的，但是，我們無法反抗命運，……那可怕的先天就注定的命運，就像一面鐵網，將我們整個的生命籠罩其下了。柔弱的小愛神也無力援救我們，他只有頓足啜泣罷了……。

我曾去見過那位表姨母……啊，一切都完了，完了，唉，人生，多麼殘酷，命運，多麼無情，這只是它倆的一場遊戲罷了，我是多麼的悲哀，苦杯如今竟變成一口汲引不盡的無底之井了！

我的情緒是如此紛亂，拉雜寫了這麼多，還不曾述說到那件事的本題，這一半是因為我精神恍惚，執筆無緒，一半也確實因為我有點怕提這件事呵……，那天——我上封信付郵的翌日，趁著瑜在學校上課的時候，我穿戴齊整，帶了一件小禮物，還拿著一張紙色變黃的「全家福」

照片逕向城南巷表姨家走去，那張照片已是十多年前拍的了，上面有我的祖母，父親，母親，叔叔同我，上面的人已經有一半是到另一個世界上去了，我希望這些熟習的面孔，會向老表姨發出無聲的勸告，而感動了她的心，收回成命，允許瑜和我相愛並且訂婚……。

我叩門，來開門的正巧是表姨，她面上一片和煦的神色，助長了我的勇氣，走近廳堂，寒暄了幾句，我忍耐不住，我將那張相片拿到她的面前，囁嚅著向她說：「阿姨，你看過這張相片吧。這上面都是你認識的人呢，……如今他們當中已有兩個人是過世了，但是……你對我的愛護，他們在天上都會感謝你的，就請你，就請你答應瑜妹和我……，」說到這裡，我不禁跪到她的面前，哽咽不能成聲了……。

她凝望著那張照片，滿臉是灰鬱的神情，她一把拉起了我來，那麼顫抖悲抑的聲音說：

「可憐的孩子，不可能呵……不可能呵……。」

「為了……為了什麼呢，我能知道麼？……是不是因為我窮，好阿姨，給我三年時間，教我好好奮鬥一下吧，我絕不會使瑜受苦的，阿姨……。」我孩子似的拉曳著她的衣袖，我當時實在無法再矜持了……。

但是，她什麼話也不回答我，只是拉著我的手那麼悲切的哭著，哭著，半晌，她才指著那張相片上叔叔的影子抽噎著說：

「孩子，……當初錯了，如今不能再錯了，雖然過錯並不在你同瑜兒……，而在，而在……這相片上的一個人同你有罪的阿姨……。」說著，她像慈母似的緊緊的將我摟在懷裡，連聲的呼喚著：「可憐的孩子，可憐的孩子，我應該告訴你……瑜兒實際上是你的近親堂妹呢……。她還未出生的時候，你那離家多年的姨丈忽然回來了，將我帶到上海去，後來，瑜這孩子一直不曾到過故鄉……，你明白了吧？……這已經是十九年前的事了，我是怕你難受才不告訴你的，你會輕視你的老姨母吧？今天，也算是我向你來懺悔吧，……只是，你千萬千萬不要告訴別人，尤其是那個性子孤僻的瑜兒，那會傷了她的自尊心，還說不定要發生什麼意外的……。」

啊，吾友，在那一剎那，我是多麼的熱愛我這位老姨母呵，她是如此的誠懇，如此的坦白，如此的充滿了懺悔與自責，這個慈愛的老婦人，她有著過去，她有著須用悲悔的眼淚來洗滌的過去，藉了這一席的話，藉了這些真誠的淚水，她的靈魂已顯出無限的純淨與聖潔了，可怕的不是罪過，可怕的是欺矇，偽善，身在罪中而不知補贖，我為什麼要蔑視這可愛的老人？你記得《克麗絲汀》一書裡面的話吧？——

你有過失，但你何必是一個天神呢，你是一個女人更好一些，一個有過失，有破碎，有傷心，有懺悔的豐富而瑰麗的生命。

那日站在我面前那個白髮淚眼兩婆娑的老表姨，就是這樣一位豐富而瑰麗生命的婦人呵，她的坦白自陳，使她面對光燦的陽光，走出了罪惡的死蔭……。我在那一瞬間，幾乎忘記了自己的悲愁了，只怔怔的無言的望著她，對她充滿了同情與愛，她那青春時代的愛情火燄，與暮年時清瑩的淚水成了一個怎樣感人的對比呵……，吾友，我真覺得以後不必讀什麼文學名著了，實際的人生，比紙上寫的更為動人呢，吾友，寫至此我漸覺意緒茫然，請原諒我暫時擱筆吧……。

第八信

吾友：

一點鐘以前，我寄出了寫給你的那封潦草長信，覺得意猶未盡，我就趁著夕暮的微光，再寫幾行給你……。

我目前所串演的，真如希臘悲劇中的一幕，我只有接受命運的導演，但是，我最感到為難的是我將怎樣和瑜講呢，這可憐的傻孩子！明天早晨還等著我去告訴她和姨母談話的結果呢。前些天她還一再向我表示過「誓死靡他。」向著這個堅貞的女孩子，我該如何來解釋我的「中途退場」呢？說明真相，既不可以，隱瞞一切，更將增加擺脫的困難，吾友，給我指引吧，告訴我如何才可以掙脫了這條柔韌的鍊，如今，它仍是緊緊的纏縛著我呵！

第九信

吾友：

今晨，我鼓著勇氣去看了瑜，我對她說，既然她的母親不贊成我們相愛，那麼就從此不要再見面了，以免徒增煩惱，當然我的措詞是盡力委婉的。她開頭顯得十分的憂傷，後來，這個溫柔的少女又變得異樣的憤怒了，她先是斥責我的怯懦與脆弱，後來又說我的情感不夠真摯，她確是太傷心了，她罵我是一個竊賊，竊盜去她最寶貴的戀情，然後又輕輕的將它拋置，她甚至懷疑到我已移情別戀，而以姨母的誡命做口實，這使她更為難過，但最悲哀的卻是我，我如何來證明自己呢，我又如何來安慰她呢？我只怯怯的向她表示：我仍然是昨天的我，並無絲毫的改變，並且告訴她，受此打擊，我是不會也不想再另外去愛別人了，因為我已深深的領悟出，人間的一切事皆不堪憑。我一再的解釋，末了她才稍稍平靜一點了，她倚在我的胸前，她要我再吻她一次……，吾友，當時我的心靈感到一陣難言的顫慄，我覺得那是不應該的，因為，因為，那紅潤的嘴唇是我的堂妹的，而非是我的情人的呵，但我終於在她淚眼的注視下，懷著嚴肅的心情吻了她，內心的痛苦，無可狀擬，她仍然是在癡戀著我呵，這個不幸的多情的孩子！我該怎麼辦？繼續下去嗎，這是罪惡；後退麼，我無法剪斷她對我的愛戀，……唯一的辦法也許只有悄然遠走，但是，茫茫天地，何處是我的歸程？我既不能潛入山林，同時，我更有我的工作崗位，不容擅離，不到萬不得已，我是不願走這一步的。後來，那孩子說，如果她的母親堅決不肯收回成命，她要我與她一同出走，我搖搖頭，苦笑著列舉了種種的理由，粉碎了她的夢幻。後來她又說，也許有一天她會自己離家他往，藉以感動她的母親，我當時即勸阻了她，告訴她那是愚昧而幼稚的舉動，唉，多麼難以解開的情感結子呵，它正綰在一個純真無知的少女的心頭！

連日來我的思緒洶湧如潮，此心無片刻的寧靜，愁苦簡直使我白了頭髮！我想，如果當初鑄造那樁錯誤的是我異姓的舅舅，而非同姓的叔叔，今日的事態也許就會稍稍不同了些，我和瑜真是太不幸了……如今說些怨尤的話已是太遲了，願錯誤就止於此吧。……而我畢竟是人間的孩童，儘管理智一再呼召，但過去的情景，一幕幕仍在眼前攪動，呵，「誰能安慰那痛苦，而使那些難忘的一朝忘卻！」讀至此，吾友，你莫以為我的意志動搖了吧，沒有，一點也不曾，我深知我是生活在這世界上，倫常、道德、習俗、律法，我是絕對要尊重的，我們的步子不容紊亂，因為還有無數的後來者要踏著我們的腳印走，我當然是異常痛苦的，但痛苦的深度，也許會決定了我的精神價值，吾友，把你的手伸給我，給我力量，我但願像摩西一樣，雙眼望著聖地死了，遠勝過在罪惡與欺騙中苟活。

第十信

吾友：

你信上給予我的慰勉，正是我目前所迫切需要的，當真，我是時時刻刻需要你的激勵的，尤其是在我這極端苦悶的時光。

瑜昨天在電話中邀我出遊，我推說事情太忙，有意的拒絕了她，她不定多麼傷心呢，我在耳機中清楚的聽到她放下話機的聲音，是那麼的清晰，那麼的沉重……。我覺得我的過咎太大了。下班後，一人悶坐在宿舍裡，一枝枝的狂吸著香煙，內心充滿了痛悔，我失悔當初冒然的去試叩一個少女的心扉，擾亂了她心境中一片空明，使她第一次知道了愛情，也第一次認識了憂愁。我想她如今該在恨我吧，呵，但願如此，她如果能恨我也好，那也許可以使她的痛苦減少一些！

今晨我去上班，在道傍遇見了瑜的一位女同學，她譴責我不應如此冷酷的對待瑜，又詰問我是否另有了女友，我當時什麼也回答不上來，只是向著她苦笑，她冷冷的投給我輕蔑的一瞥，轉身走了，呵，在這些女孩子們的眼睛裡，我永遠是一個負心的男子了，就這樣吧，在這世界上，除了對你以外，我拒絕向任何人說明事實的真相，為了實踐最高的愛的定義，我甘心背負起這個沉重的十字架，也許只有上天同我自己知道它的重量，有時它似乎要壓折我的背脊了，吾友，扶持我，讓我走畢這一段難行的道路吧。

第十一信

吾友：

可怕的事情終於發生了，瑜竟瞞著她的父母出走了，當今天我才上班不久，表姨派人來找我，我匆匆的趕到她家，兩位老人正滿面憂戚的坐在廳堂裡等著我，我已將近三週未來了，客廳窗外的櫸樹葉子又濃密了不少，擋住了陽光，室內顯得格外幽暗了。表姨告訴我，瑜昨天說到圖書館去看書，直到很晚沒見回來，後來在她房中的檯燈座下，發現了一張小紙條，上面寫著：「除非答應我和文相愛，否則永遠不再回來了。」

表姨的神態更顯得蒼老了，她的痛苦也許更遠超過我，她的手顫抖著，連聲的向我問著：

「文呵，怎麼辦呢，怎麼辦呢，……天哪，莫如教我死了吧。」

老姨夫是忠厚而心軟的，他也感到極度的焦灼與不安，老花鏡片上，兩隻溼潤的眼睛注視著他的妻子說：

「我看既是這樣，你也不要太做主張了吧，就答應他們結婚好了。」他說著，又慈愛的望望我，他是可感的，但我無福接受他的好意！

老姨母哽咽著說：

「不，一定不可以，那怎麼成呢，那怎麼可以呢……，」說著她又轉問我：「文，你自己說，這個做得麼？……」當時我的內心真要碎裂片片了，更使我不寧的是我不知道瑜到底足到哪裡去了，途中有無遇到意外？……末了決定由我到×市她的兩位最要好的女友處探詢一下，表姨是知道她們的地址的。

今天下午我決定乘快車去×市，表姨的淚眼，姨夫的嘆息，增加了我心頭的沉重，我是這一切事的起因，我不知該如何彌補我的罪過……。

第十二信

吾友：

昨天我到達×市時，已過午夜，我將簡單的行李，安置在一家小旅店中，稍事休息，天已破曉，我按照表姨開的地址尋去，還算幸運，找到第二家，當我遞上名片後，瑜便穿著晨衣跑出來了，小別幾日，她已憔悴了，當她一眼看到我，一種喜悅的光輝，立刻籠罩上她的面容，她竟高興得說不出話來，只癡癡的以一雙清瑩的淚眼向我望著，望著，半晌，才說出了一句：「你來了！」這一句簡單的話，卻包含了萬千的情意，我了解，但我只有假作不解。

我隨她走進那家的客室，她的女友也走出與我相見，她一邊倒著茶，一邊以那麼溫和的聲音向我說：

「×先生，你能來真是好極了，瑜這些天真是太痛苦了，你們間的事我已經都知道了，我真不知道如何安慰她才好，現在事情已經解決了麼？該沒有什麼問題了吧？」

我感謝這個好心的姐姐，我說一切請她放心，她望著我們，善良的臉上現出愉快的微笑，然後，輕輕的走出去了，在她的眼睛中，我們是一對值得詩人謳歌的癡情愛侶呢，她怎知道籠罩在我們身後的暗影呢？她走後，瑜立刻哭倒在我的懷裡，她問著我：

「媽媽好嗎？她不再固執了吧？唉，文，我是這樣的……這樣的愛你呵，犧牲了一切，我都在所不惜，你呢，你也可以對我這樣麼？」啊，當她的一頭柔髮披散在我的胸前，我感到一陣悲悽，我想到是誰說過的話：「她的髮，散披在我的胸上，啊，沒有別的——秋天的落葉！……春天的愉快，走到我眼前來，卻不曾賺得我的笑，……她怎能知道，我的生命已與枯枝交結！」

她怔怔的望著我，澄澈的眼睛中，顯出無比的決心與勇氣，我為了勸促她回家，只有佯作慰語：

「姨母叫我來找你，事情是沒有什麼問題了，現在只等你回去。」

「那裡，她不會再變卦麼？」

「如果她不同意，怎會派我出來找你呢？」我避免正面答覆她。

她笑了，她孩子似的笑了，緊緊的握住我的手：

「那末，那末，你再也不會為了我母親的緣故而躲避我了吧，那……那真使我太痛苦了。」

我搖搖頭：

「瑜，放心吧，絕不會了！」當時，我為了自己的謊言而面孔發熱，但是她並不曾覺察。

「文，真的，你不是不愛我了吧？那些天當真是為了我母親的緣故而躲著我吧？」她又遲遲疑疑的說，目光裡蘊著無限的幽怨。

「是的，那些天完全是為了老人家對我的告誡……我本來是極其愛你的──到現在……」

「到現在怎麼樣？」她逼問著我，兩道熱情的炯炯的目光，好像利箭一般，直射我的內心。

「到現在……，也是……也是愛你的。」我很費力的說完了這一句，但是，我這一句中的愛字，所代表的只是兄妹之愛，可憐的瑜，怎能辨知它所代表的意義呢？

她聽了我的話，顯得格外的高興了，她站起身來，指著窗外的花壇：

「多好看的薔薇花，我的朋友答應分一些根株給我，我要把它們帶回家去，……將來……」她的聲音放低了：「就種一些在我們的農場裡，……你說過的……我們的農場……」說著，她嬌羞不勝的凝望著我，可憐的孩子，她還在做夢呢，我茫然的望著窗外，像是什麼也不曾看見，只聽得花間風聲嗚咽，我的心感到一陣痙攣的痛楚，我恨我自己，何以竟盲目的走上了這一步，自己迷失了路，竟引得另一個靈魂也迷失了。

我們當天上午離開了那個朋友的家，我仍然喬裝得像一個忠心的情人般，扶著瑜走上了車子。吾友，記得你曾說過人生就是做戲，但這一幕戲中之戲演來卻是如此的吃力呵！當火車開始奔馳的時候，望著車窗外迅速移換的煙景，好幾次我竟要狂呼出聲了：

「醒來吧，瑜，我們的夢已經破了，一切都與以前不同了，我們什麼都不是，我們只是兩個可憐的孩子，一切無望而又無助！」
下午四點多鐘，我送瑜安返家中，兩位老人微笑著迎接這歸來的愛女。幸而當時大家避免引起瑜的激動，誰也未敢提起涉及我們情感的事，算是度過了一個比較平靜的下午，但我真怕瑜明天會來逼問我這件事，她今晚少不得要向家人談起的。
吾友，為我祈禱吧，願上天給予我足夠應付這件事的智慧與勇氣！

第十三信

吾友：
昨夜輾轉苦思的結果，我決定今晨離開了原住的小城，只留下一封信給我的單位主管及一位同事，說明我為了不得已的原因而倉促離去，並委託替我辦交代，此外，我不曾向任何人告別，只有寥落的幾顆晨星，依依的為我送行。走，本來是下策的下策，但除此以外，我實在沒有更好的辦法，我不是一個宗旨不定的人，不是一個柔弱寡斷的男子，我不能留在這小城繼續做不正當的情感的奴隸。我走後，瑜當然會痛苦的，但這一劑苦藥，她是遲早必須吞服的，那可以治療她靈魂的痼症。姨母和姨夫會設法安慰她的，叫這女孩子暫時恨我負心吧，悠悠蒼天，知道我緣何薄情！

我如今坐在車廂中寫這封信給你，此去投奔何處，我尚未決定，有機會我也許到最前線去，匈奴未滅以前，我絕口不再談兒女的私情了！

車窗外是一片橙色的陽光和碧綠的蔗田，遙望的大地邊緣，被海水鑲了蔚藍的線條，在這道藍得透明的線條上，點綴著朵朵細碎的白浪，我多羨慕那空濛的海，那悄然無聲的浪花！乍脫出情感的樊籠，頓覺海天空闊，想想半年來的經過，真如同一場空夢，至此我一點也不後悔，更不懊喪，要來的來，要去的去吧，經過這一次的折磨，我覺得我老了許多，無論在面貌上或是在心理上，人生本來就是這樣的，世界上充滿了罪惡及痛苦，痛苦是對於罪惡製造者的精神懲罰，不但懲罰其本身，且往往使下面的幾代都要嘗味那留下來的苦果。在這一次的戀愛事件裡，我唯一值得驕傲的一筆是：我從不曾企圖逃避這痛苦，使我遠避的只是罪惡，我實踐了一個聰明而真實的人的義務，我並不曾做一個愚昧而自欺的人，我摒絕了不正當的愛情，維護了一點人性中的尊嚴，這安分守己的平凡行徑裡，造物也許會見出其中有偉大的功績，我的淚並不曾空流。

望著車窗外一地燦爛的日影，我曾數番起立，默默的為憂傷中的瑜妹祝福，但願離開了我以後她會找到真正的幸福。三十年後，如果我們還都健康的活著，我願意再見到她，那時候，姨母同姨夫或已皆逝世，我和瑜也都老了，那時我將告訴她我今日離去的真正原因，我希望我們會晤的時候正是冬天，我自遙遠的地方來到她那燃燒著爐火的溫暖居室，熊熊的淡紅火光，照著她的華鬢同我的白髮，她臉上浮現著微帶憂鬱的微笑，聽完了我講的真實的故事，我將緊緊的握住她細瘦的手，重新在神的面前確定我們兄妹的關係及情感，我將向她輕輕的求恕：

「瑜妹，你如今已原諒了我當年的不辭而別？」

「當然……，我那時曾錯怪了的，也請你寬恕吧！」

當我們以淚溼的眸子相向凝望之時，那牢牢的綰在她心上的古老的結子輕輕解開了。我將與她及她的丈夫子女保持著極親厚的情誼，直到我們生命的日落。天上，我的老姨母及叔叔的眼睛，一直充滿了溫愛的注視著我們，由於我同瑜本身的聖潔與犧牲的行徑，老人們所鑄的過錯得以補贖，當他們倚著天國的金欄杆向地上巴望時，他們的內心充滿了平靜與歡笑……。

吾友，我的這本信紙正好已用到最後的一頁了，我的故事也正好說完了，這是我心靈中的祕密，我只告訴了你一個人，等到事過境遷，或我已不在人間時，你再將它公佈於世吧，使人知道，你的一個可憐的卑微的朋友，曾為盲目的愛神所捉弄，以致靈魂受到可怕的創傷，但他終於又掙扎著站了起來，跨出了夢境的門檻，奔向人生的原野，去開拓他理想的天際線。在他這無光無色的，以生命寫成的故事中，有著真實的血與淚。暫別了，吾友，容我生活稍稍安定再寫信給你，那再寫信給你的，將是另一個新的文了，在這一分一秒，我向舊日的我道別了，寫至此，我又是欣然又是悽然……。

後記：友人文歿世一年了，昨天整理篇篋，檢出他這一束舊信，商得〈聯副〉編者同意，發表於此，他生前光明磊落的堅毅行徑，值得我們欽佩，謹綴數語，並向他的在天之靈致無限的崇敬與哀悼。——作者附記

春晚

當面人家都喊她簡采真小姐，背地裡則以輕蔑譏諷的口吻呼她「老姑娘。」實際上，她的年齡並不太大，但她的容顏卻顯得格外蒼老。她的身體瘦小，皮膚呈淡象牙色，面目平庸，就像一本教科書的封面，乍一見到，毫不引人注意。她的驕傲便是那一雙神祕的眼睛，像深邃不可見底的幽潭，儲滿了溫情、善意、和信賴……，當這雙眼睛向你凝注時，便會改正了她適間給你的印象，你甚至覺得她有幾分美麗，且是可親可敬的。她更有一種動人的微帶金屬聲的嗓音，當她娓娓而談的時候，你似乎聽到她靈魂中響動著神聖的鐘聲，不由得使你深受感動，且自心底發出共鳴。

她的工作很繁忙，但是下班之後，回到她那清靜的住處，那份孤獨之感立刻襲進她心靈深處，她無法排遣那可怕的寂寞。天氣和暖的日子，她常是在階前那株多葉的苦杏樹下，放一把藤製的圈椅，靜靜的一坐就是一兩小時，她若有所思的凝望著牆邊一些琉璃草，那細碎花朵的顏色格外蔚藍，似乎是自天空割取下來的，那明麗的藍色深深的刺激了她，使她暈眩，使她憂鬱。而溫暖的空氣中，好像調合著一種淡淡的蜜汁似的東西，使人每每憶起了昔時做的夢和寫的詩，心頭更增加了一份重量。她怔怔的坐著，一口口的啜飲著微苦的清茶，好像咽下去的，便是可以稱為「生命本質」的那種東西。

「生活就是這樣，有一點溫馨，但有更多的澀苦。」她望著枝葉間漸漸淺淡的日影低語，不知不覺的，她的右手又習慣的伸到外衣的袋裡，去摸觸那一顆微涼的玻璃球兒，這是一個小孩子留下來的東西，她摩弄著它，如似又摸到那光潤的小手掌……那孩子是在去年杏子成熟的時候離開她的……她的眼睛溼潤了。她不知道是一種什麼樣的感情支配了她，是如此的深摯呵。

好像天上會有雲，海中會起浪一樣，每個人都有一段為愛情的五味酒浸透的歲月，在她過去的生活中，也有一段為愛情裝飾得異樣絢爛的日子。那是她十九歲的時候，一個暑假，曾請了一位家庭教師來補習理化同數學，那個到她家來度假的遠房表弟，也順便就讀。他是一個十五歲的男孩子，活潑，熱情，生得長手長腳，極其瘦弱，但那張眉目清秀的文靜面孔，像一幅工細的風景畫一般引人讚賞。他是一個獨生子，自幼死去父親，在老母的過分憐愛中，度過了他的童年，遂變得偏狹自私，反覆無常，但他在愉快的時候，性情卻極其溫柔，容易得人的歡心，使人常常為了他一些可愛的細微言行，而忘掉了他更多的短處。來到鄉間一個多月，他漸漸的對那個身材小巧的表姐，發生了莫名其妙的感情，這使他微微感到恐懼與不可言喻的愉悅。當單獨相對時，他常是帶著讚美的神情，呆呆的凝望著她，靈魂像是迷失在那一雙深澈的眼睛裡，淡淡象牙色的面龐上那一雙眼睛，好像是兩個窗口，穿過它們，使他看到了許多美妙的說不分明的景象。她呢，是善良溫厚的，她常常覺得面前這個男孩子年齒幼，且同自己一樣，很早失去了母愛，因之對他充滿了愛惜與憐憫，當她玩笑的喊著他「小男孩」時，她已是像個母親和情人般的愛著他了。傍晚時分，他們補習完了功課，便到鎮外的田野去散步，望著被夕陽塗得一塊金黃，一塊紫紅的遠山，他們的眼前也似飄起更炫麗的幻象。在那搖曳的掬樹的蔭影裡，兩個孩子情不自禁的說些稚氣的癡話，他們倚著樹幹站著，挨得很近，她的長髮時時為風吹動，而觸到他的面頰。他擘折著一根根樹枝，放在口邊咬著，直到青色的汁液，染上了嘴角，他的心劇烈的跳動著，半晌，他才慢吞吞的說：

「表姐，有一天我會向你求婚的。」

她那淡象牙色的面頰變得紅紅的，她以充滿了笑意的神情鼓勵他繼續說了下去，但是那孩子囁嚅著再也說不出什麼來了。

有一天，她自他的一本書中，發現了他寫給另外一個女孩子的文理欠通的情書，黃昏來到，他又約她去掬樹林蔭散步時，她只搖著頭，面孔鐵青著，一聲不響的將那封情書遞給他，他看到了那張箋紙，先是強作鎮靜的笑笑：

「這是什麼？這不是我寫的。」

但她以堅定的口氣說：

「明明白白是你的字體！」

那孩子辯不過，脹紅了臉。他先沉默了一會兒，後來成人似的嘆口長氣，眼中湧出惶急的淚水，他偎近了她：

「表姐，你不要生氣吧，我後悔了。你不知道我是多麼的愛你，多麼的愛你，因為我太愛你了，我……我有時會突然的駭怕起來，怕你會丟了我，再也不理我，這末一來，我才給同班的一個女孩子寫了信……。」他的聲音顫動著，把那張信稿撕了，大瞪著眼睛，惶惑的望著她，在這個時候，他確是忠實於這個表姐的。

她感動了，心軟下來，甚至懊悔自己適才的舉動了，她握住他那發冷的指尖：

「弟弟，我根本就沒有怪你，你完全是一個孩子，一個糊糊塗塗的小孩子，誰也不能和你計較什麼的。」她因為深深的愛著他，就這麼輕易的寬恕了他，她笑著，完全是一個小母親的神情，她的心中當時升騰起一種新的更豐溢的感情。他們重新又拉著手跑到那搠樹密蔭裡，天已經暗了下來，遠山變作深藍，隱約聽到近邊小河中，梭子魚唼喋的聲音。他們天真的互誓著永不分離，那些言語沉酣了她少女的心。

夏天過去了，他回到×地去升學，她也到城中去讀書，她的心靈，一直籠罩在幸福的朦朧光影裡，望著金黃的晨曦，望著顫搖的星影，她的心上一遍遍的重覆著他的話：

「表姐，有一天我會向你求婚的。」

課餘，她更嗜讀著一些文藝書籍，書中描繪的，更將她帶入綺麗的幻境，她一天天的盼望著他會像一個英雄似的，騎著一匹雪白的駿馬，宛如一道虹彩似的，突然出現在她幽暗的生活裡，他更向她說著美妙動人的語句：

「有一個國王，向一個公主求婚，她含著笑向他允諾的伸出了手……。」她想著，想著，臉上浮現出夢寐似的微笑，她夢想著他們再度自那熟悉的搿樹蔭中走過，那好像在夏天的時候，地上的花草繁茂，香息在空氣中浮動，他們挽著手，驕矜而快樂，檢閱著他們林中的儀仗隊……。她一邊想著，眼睛中滾轉著熱淚，她也深為自己這份真摯的愛情感動了，她向前伸出了那隻纖纖的手……，淚點落上手臂，同面前那本希臘神話的篇頁上。

她日日陶醉在這幸福的遐想中，她給她唯一的監護人——住在鎮上老宅裡的一位年邁姨母——寫了信去：在信上說，她希望不久那個表弟會來向她求婚，如果舉行訂婚禮，她也希望在她讀書的城中。

那個慈祥的老姨母，只巴望著心愛的甥女有這麼一天，她接到那信，也並未讀明白，便匆匆趕到城中來了，並將她認為可穿的體面綢緞衣裳，塞滿了小箱隨身帶來。下了火車後，便在車站附近一家旅館住下了。當那位甥女聞訊自校中趕到時，老婦人正在那小旅店樓上一間黝暗的房間中吸她的旱煙管。做甥女的向她解釋：

「阿姨，我信上只是說希望有那麼一天……。」

老婦人放下了她的鑲白玉嘴子的煙管，搓著手嘆息：

「唉，我的眼睛真是老花了，你的信，我看不明白，那麼……孩子，你為什麼不寫信去催問他一下呢？要不要我寫封信去？你的年紀也不小了，不能總這麼等……我對不起你的母親，那死去的老姐姐……。」

有些話她感到難以出口：

「寫信去怎麼好意思呢？阿姨，我相信他會來求……。」

「好孩子，他真是一心裡只有你麼，他真的對你好麼？」老婦人的語聲是那麼輕柔低緩，眼前這少女的摯情，使她回憶起自己年輕的時候……。

做甥女的低頭摸弄著帶來的書冊，她的面頰更紅了，她嬌羞的轉向燈影較暗的方向：

「我相信他是真的，……真的……對我好。」

「那麼，好孩子，他說過要娶你的話麼？」

「說過，說過，年前，在咱家的時候。」

老婦人愛惜的拍拍少女微顫的肩頭：

「那以後他又表示過什麼沒有呢？」

「沒有……，但是我相信，總有一天，總有一天……阿姨！」

做甥女的這回卻仰起那緋紅的臉，雙眼凝望著她的老姨母，似乎請求她什麼。聰明的老婦人不再詰問下去了，她了解她的甥女癡情的性格，一如她了解那過世的姐姐，她輕輕的撩開了話題，而說到家中田裡的收成。第二天一清早，她仍悄悄的提著她那一箱體面的綢緞衣裳，嘆息著遄回鎮上。

她行過畢業典禮的次日，她收到那個表弟的一封長信，信上說，他很慚愧，他沒有面孔再來見他的好姐姐了，因為，當此信付郵的次日，他就要和他的一個同學結婚了。他更以特別感人的筆調寫著：

表姐，你知道我永遠是愛你的，今天自清晨七點鐘起，我便一封封的重讀著你的舊信，我含著眼淚一遍遍的讀著，直到現在——下午三點鐘，我在這些箋紙中度了大半日的光陰，竟連午飯也忘記吃了，我不感到渴饑，只是深深的思念著你。表姐，請你原諒我，我這次的結婚完全是出於不得已，我雖然有點喜歡那個女孩子，但也只是喜歡而已，在我的心中深藏著一個人影子，那便是你了。你知道，我家因了椿意外的事，負了一筆債，我們無力償還，我的未來妻子的父親，答應為我清理債務，我結婚的理由完全在這裡，我雖然沒有和你締婚的幸運，但是，我敬愛的姐姐，我的心靈還是常在你的身邊的，你會原諒我這一次的過失麼？——如以前你曾原諒過我無數次的過失一般。我以後有機會仍然要去看你的，你肯見我麼？——你的表弟原是不幸婚姻的犧牲者呵……

她癡癡的摺起了那一疊信紙，又打開來，眼光重新落在那些感人的句子上，她最初是頗為悲憤的，後來，漸漸的，那蘊積於她心中——兩種感情——愛與憐憫，又復甦了，且淹沒了她心中其他的感情，她相信了那個男孩子信上的話，她茫然的嘆息著：

「多麼可憐的表弟，他是愛我的，他不過只是不幸婚姻的犧牲者。」

她感到一種澀苦的甜蜜，雖然她有更多的憂愁。

畢業後，她在一個學校找到一個位置，時光在寂寞中飛逝，她不願和任何的異性友人來往，她只是愛著那個「不幸婚姻的犧牲者」。那次她想起那個「可憐的表弟」，曾發生無限自悲的情緒，過年過節，那個孩子偶然為「姐姐」寄張賀卡來，她便要興奮好幾天，在那一張畫著簡單圖案的卡片上，使她尋到無限的安慰。他有一次來信說，他的母親病死了，她寫了封長信去安慰他，那以後，他的信息就更稀少了，她揣想那孩子是陷在深深的憂苦中了。

兩年後一個秋初的黃昏，忽然那個多時未晤的表弟坐著出租的車子來到她的寓所門前，他穿了一件深藍的大衣，顯得更為清癯，滿面風塵，口唇周遭是一片髭鬚的青痕，他的臂上纏著黑紗，望了她悽然而笑。車子上，簡單的行李而外，還坐著一個圓面孔的小女孩。表弟抱她下來，向這孩子大聲的說著：

「小立立，喊姑姑！」

但那個小把戲見到陌生人驚恐得說不出話來，只以那晶亮的眼睛打量著那個棕色衣衫的瘦棱棱的姑姑。

表弟向她哭訴著自己的壞運氣，他的妻子最近因難產而死去了，留下了這個兩歲的幼女，他實在想不出找誰來照拂這個孩子，他想到這位老表姐，他肯定的以感人的語調說：

「我知道表姑會愛她的。」他將那個膽怯的小鹿似的孩子放在她膝上，再度教孩子喊姑姑，聽到那稚弱嗄啞的小喉嚨第一次吐出「阿姑」的字音時，她的心中有一種異樣的感覺，她默默的注視著懷中的孩子，呵，那小小的鼻子，那微翹的口角……這孩子生得多麼像她的父親呵，除去那紛披下來的柔髮以外，完全是多年前那個「小男孩」的型模！

身邊多了這個孩子，她孤寂的生活完全改觀了，她的心中洋溢著歡樂，好像她幼年時，得到心愛的偶人一般，不過，如今那情緒似更為複雜些，因為，這孩子引起她一些過去愛情的回憶。她為那孩子購置了白漆的小鐵床，小桌椅，同一切應用的物品。如今，她的屋子不再那麼整潔了，她的書桌上也往往擺滿了孩子的東西。小杯子，小手套，小圍涎……更點綴在屋中每個角落，她喜愛這種情調，她心中蘊積多年的那份母性的愛，當初曾用在她的小情人——表弟身上一部分，如今得以充分發揮了。

她是那般熱愛著小立立，見了人便說起「我的那個孩子，我的那個小寶貝。」口氣就好像立立是世界上最可愛的孩子。

當她工作的餘暇，常是微笑著高高的舉起那個孩子，她望著那一對微呈黃褐色的晶亮的小眼球，她似又看到了多年前那個小表弟的一雙眼睛，她遂緊緊的抱著那個孩子，用力的在那嫩紅的小面頰上吻著，吻著，大點的眼淚隨著落在那小臉上，這奇異的動作，有時使孩子驚惶失措，以至於大哭起來，她便又把孩子放在膝上，呵癢她，逗她笑。有時甚至於放下許多事情不做，並謝絕了應酬，只靜靜的伴著那孩子，守在窗前，為孩子補綴著襪子的破洞，縫著小衣衫上鬆脫的鈕釦，淡淡的日影照著她們，她為孩子絮絮的講著故事，她的內心感到幸福，她低著頭，在密密縫著的針線裡，宣洩著她神聖的母愛。

偶而那孩子的父親寫了信來說要來看她們，她是那樣的狂喜呵，幾天前她就將麻布的窗帘洗熨，桌布也換過，更買來一盆盆的鮮花，使屋子自每個角度看去都是美的，當他來到，讚美著屋子潔淨時，她只微笑著若無其事的說：

「好多天不曾收拾房間了，你不笑我們這兒又髒又亂麼？」她盡力的掩飾著她那份過度的殷勤與興奮。一切何必用言語來說明呢，他坐在這窗明几淨的房中，覺得很舒適，不就夠了麼？

當他以「我們的孩子」親暱的口吻談著小立立時，她覺得幸福之神已經向她走近了，當那孩子活潑的跳躍在他們中間，以嬌弱的聲音喊著「阿爸，阿姑」的時候，那消滅已久的美妙幻想，更重新在她的心頭萌發了，她又開始等待著他向她求婚。

她那充滿了癡情的靈魂，在無聲的向他呼喚著。

「難道你不知道麼，我依然是從前的我呵！」

有一次她暗示說：「表弟，你也該有個家了。」

但他只平靜的望著她：「像我一個收入菲薄的公務員，怎能維持一個家呢。」

她體貼他的困難，她等待著他時運好轉，而她自己也悄悄的開始撙節用度，儲蓄一些零星小款。

當她吻抱著立立時，常常夢想著會有一個美滿幸福的家，她希望有一天她能積蓄夠多的錢，在距城市不遠的鄉下蓋一幢小房子，旁邊多植些掬樹，那溼密的樹蔭，不是會引起他們一些甜美的回憶麼？節慶的日子，小立立便在每根枝梢懸掛起明麗的紙燈，一閃一閃的，像愛神的霎眼。……有時候，在清涼的初夏，他們全家便到田野去消度半日，他挽著她的臂，手中拿著青綠的樹枝削成的手杖，後面跟著小立立，……也許還有幾個更小的孩子，在帶露的草地上蹣跚著……。

幾個月過去了，小立立的父親事前並未通知她，突然而至，他這次顯得那樣窘促，不安，他遲遲疑疑的站在屋階上，手指緊捏著呢帽的邊緣，說出了他要將小立立接回去的心願。

她那時正在為小立立剪著紙鵝，他的來臨先是使她驚喜得微笑，但聽他說到要接孩子回去的話，立刻似受到嚴重的一擊，臉色變得紙錢般慘白，她望著在窗檻邊以蠟筆塗抹畫圖的小立立：

「為了什麼呢，她在這裡不是很好麼？」

但他回答著：「還是叫她回去吧，在你這兒打擾得也太久了，……我還是帶她回去吧。」

她此刻才悲哀的意識到，這個她一向呼作「我們的孩子」的小立立，只是人家的孩子，她在這孩子的身上，並沒有絲毫的權力……。她呆呆的倚立在門檻上，竟沒有一點氣力去為那孩子收拾小行李了，末了才想起後院有些曬洗的小衣衫，她慢慢的走去收了來，交給那個癡癡的盯視著她父親的孩子：

「拿去吧，這是你的。」

孩子還以為阿爸同阿姑在吵了架，呆呆的將小手指啣在柔紅的唇邊，心裡充滿了迷茫。

她噙著眼淚看著小立立隨她父親跳上車子，自車窗中探出頭來向她招手，閃動著那一雙使她激動的晶亮、微褐的小眼睛……。

多少天過去了，她仍不肯挪去那張小床，床下面，依然擺了那雙破舊的紅皮小靴子，上面，塵土已經積得很厚了。她撫摸著小床的欄杆，想像著小立立可愛的笑容……如今生活留給她的，只是這個了……。但她的心中仍然有所期待。

有一天掃地，在小床的下面，她找到一枚玻璃的彈珠，那是小立立留下的，她隨手將它放在外衣袋裡，時時探進手去觸摸著，好像又觸到小立立的光潤的小手……。

她後來無意中聽到一個同鄉說起才知道那個表弟已經續絃的事，對方是一個年輕的小姐，手部雖有殘疾，但帶來一筆豐厚的嫁奩。……她至今明白，生活當真不曾為她留下什麼，連同那溫馨的回憶也沒有了。她開始更熱切的懷念小立立，她相信那孩子給她的是真摯的情感，描繪在她臨去時淚溼的小眼睛裡……。

她在案頭擺了立立的小照，她凝望著它，她希望有一天這孩子會來看她，摟著她的頸子，親熱的喊著「阿姑」，吻乾了她頰邊溼溼的淚痕……。她想著，想著，又轉眼望到壁上的兩句詩：

掩扉自悲春畹晚，
燈前猶自夢依稀。

為青姐作

畫媒

又是陰暗天氣，細雨將我包裹在一個神祕的帷幕裡，我的出遊計劃只好取消，低下頭來重新洗刷畫筆，調弄顏色，想藉作畫自遣，當我才在畫布上描出了一株秋樹的枝幹，門外突然傳來輕微的剝啄聲，我開了門，來的是心珠。我已將近月餘不曾看到她了，今天她的容光煥發，像是初春才綻放的一朵杜鵑，往日籠罩眉宇間的怨愁神情，完全消失不見了。她一坐下來便愉快的笑著說：

「算了，先不要畫那秋天的老樹了，聽我給你講一段故事好不好？」

我泡了一杯清茶，遞到她的手中：

「我不要聽什麼編造的故事，我只要知道一下你為什麼變得這麼高興，難道這中間也有一段真實的故事嗎？」

「對了，我要說的故事正可以回答你的問題。這幾天我是太快樂了，所以我特地跑來看你，我要我最知心的朋友分享我的快樂，好像你以前分擔我的憂愁一樣。」

我知道這時光只有以沉默的微笑來回答她，靜靜的坐在一邊，讓這個為歡愉浸透的幸福者滔滔不絕的講了下去。下面，便是她的整個的故事的「原版」，因為我是一個最拙劣的 story-teller，所以未敢擅自增刪一個字，只有括號中的字是我加上去的……。

在生命的途程中，我想不到又遇到了籟鳴，你該知道這個偉大的畫家籟鳴吧，他，就是主宰我生命的人。(我和心珠相交將近十二年，卻從不曾聽到她說過什麼籟鳴，我只記得自在學校的時候，她便是個愛幻想的女孩子，她富於熱情且多幻想，我們同學便贈送給她一個雅號 Fancy lady。這時候，看到她閃光的眼睛，聽著她那夢寐般的聲音，我真忍不住想笑，幾次想對她說：「Fancy lady！你不是又在做夢吧？」但她那熱切的神情，使我不忍打斷她的話頭，只有聽她說了下去。）

呵，你再也想不到，這是藏在我靈魂深處的奇祕，籟鳴，是我生命中的快樂，也是我生命中的憂愁，我只以為他像一顆殞星似的出現在我的生命的天空裡，我一直以為他不會再在我的眼前重現了，感謝圖畫，是一些畫幅，又將他重新引到我的面前來的。（她說著拿起我的畫筆，蘸了一些鮮艷的紅色，在我原來畫的秋樹上，添了一片心形的楓葉。）

當我們同在藝專讀書的時候，我是同學們中年紀最輕的一個，你記得吧，你們那時都不大喜歡和我在一起，我到現在還不知道是因了什麼，我猜你們大概是嫌我太稚氣，太愛空想吧？你們還叫我什麼愛幻想的女子哩。（聽她說到這，我不禁笑了起來。）但你們儘管不大和我談笑，我的世界也並不寂寞，我也有我的樂趣。在課餘之暇，我便靜靜的坐在校園蔭密的一角，馳騁我的幻想，做我的美夢，夢中的人物會安慰我的寂寞，使我會忘記了孤獨。有一天，我偶而讀到了一本散文選集，裡面有籟鳴一篇悼亡的文章，是悼念他的愛妻范美陽的，籟鳴是位名畫家，而范美陽更是一住蜚聲樂壇的女高音，他倆是萬千人所羨慕的一對以藝術結合的情侶，而不幸那位范美陽因病歿世了，籟鳴那篇文字，充滿了深摯的感情，直是以血淚凝成的，使人不期然而然的想到了潘岳和白居易悼亡的作品。我一遍遍的讀著那篇文字，在佩服與感動之餘，忽發奇想——別笑我，我想那時大概是愛幻想的老毛病又發作了——我一方面羨慕那個死去的女歌唱家,為了她贏得了那位藝術大師籟鳴的全部心靈，而同時，我更惡作劇的想，我在小說及報紙新聞版上，讀到了許多關於負心男子的記載，我想，籟鳴能是個例外嗎？許多男子對於活著的伴侶都會變心，他獨能對死去的妻子忠貞不渝嗎？能像他那篇悼亡的文字所寫的一樣嗎？這樣想著，我便悄悄的給他寫了一封信，寄交那本散文選集的出版社轉去。

當然，你可以想像得到，在信中，我用盡了一個像我那般年齡的女孩子所能想得出來的動人詞藻渲染張誇我那份偽做的情感，隔了這麼多年，那封信的內容我已經記不太清楚了，我只記得在信上我曾寫過：我住處的旁邊有一個圓池，我常常在黃昏時候坐在池邊等月亮，如等待我心中美麗的幻想。我更說，我常喜歡穿一條藍色的長裙，因為我愛那微帶憂鬱的顏色。……我一邊寫著，一邊心中暗笑，我想這位天才的畫家絕不會想到滿紙都是一個剛滿十七歲的女孩子的鬼話，那些堆砌的詞藻，纏綿的語句，只是用來試探他，考驗他，看看他是否當真與一般的男子不同，對他亡妻的情愛始終不渝？

信寄出去後大約有四十多天的光景吧，他的回信來了。你記得吧，那封信還是你自學校的號房老劉那裡看到拿給我的，當時你還和我打趣，問我是誰寄來的。我看到那陌生的筆跡，回信上「鳴緘」兩個字，心頭不禁卜卜的跳動，一溜煙的跑到圖書館後面的牆陰處，偷偷的打開來細讀。那是一封厚達七頁的長信，打開來信紙上有一股濃烈的煙草氣息，他的信上，充滿了感傷的情調，在一些表示感激與讚美的語句裡，我似乎聽到了他心弦的顫動。過了幾天，學校放春假了，你們都背著畫架去到郊外旅行作畫去了，記得你還約我去城西的古寺，我沒有去，你知道我一個人關在宿舍裡做什麼嗎？我又和那個籟鳴作著寫信的遊戲。在信上，我挑逗的寫了一些仰慕他的話，更提出了一些習畫方面的問題，他的回信這一次來得很快，只隔了一週，在紙上他不厭精詳的向我解答了許多我「明知故問」的問題。就這樣信件往返將近半年之久，我並不曾改變了我的初心，不等到他在信上證實了我所懸想的問題，我是不會停筆的。……半年多以來，我的郵資付出去的不少了，而我寫信的技巧，也是越來越高明了。後來，我在他的信中喜悅的發現了那燃燒著的感情火花了，我心中有一種獲勝的驕傲感，我冷靜的嘆口氣：「男子的忠貞啊，他的至愛的妻子死了還不到一年呢。」得了這樣的結論，我預期的目的已經達到，我發出去的信減少了，我甚至打算在很短的時期內便擱筆，停止了這一場感情測驗的遊戲。但正在這時，我收到了他的一封信，他說由於我的信少。心中感到無比的痛楚，他更說，他再也無法控制他那奔騰的熱情，他要最近期間就看到我，他將於下週乘飛機到我讀書的城中來。

他的情燄是被我煽動起來了，我卻是冷靜的站在那裡隔岸觀火，懷著一種幸災樂禍的心理。我望著他的信自言自語的說：「先生，你錯了，我並不要當真和你談什麼戀愛，做你的什麼續弦夫人呀，我只是想窺測一下你對你去世未久的夫人范美陽的情感，看看你文章中流露的愛情到底是真是偽。如今，你已做了坦白的自供，你這個有名的藝術家，原來也是一個健忘的男人！」我方才對你說過，我那時剛剛才交十七歲，是個很稚氣的女孩子，正當沒心沒肝的殘忍之年，我如此揶揄著一個中年男子的情感，自己還以為替那個地下的范美陽女士服務呢。唉，想起來真是罪過。

我收到他那封說到就要啟程南下的信以後，當晚便寫了一封航快信給他，我說正好有一個機會，我可以出國深造，請他不要來看我，並且說，我正在忙著辦出國手續，以後也許我沒有時間再給他寫信了。

當然，自我那封信寄出之後，他就沒再寫信來了。……多少年過去了，我並未能忘下這回事。時間隔得越久，我這場惡作劇留給自己的痛苦也越深，我後悔青年時代的殘酷，我不應該給予他這樣不近人情的測驗，我不應該對他如此可怕的揶揄。人本來是情感的動物，我既曾寫給他那麼多熱烈的信，他對我感激之餘，情感的迸發乃是必然的事，這是人性，更是人情，我何必又以他不能對他的亡妻忠貞自持而妄加譴責呢。他對她情感的動搖，未始不是由於我那些惡作劇的假情書的挑逗，我又怎能責他善變而斷絕了和他的交往呢。深刻的懺悔之情，使我的內心無時不在顫慄之中。尤其是近些年，由於懺悔與悲愁的蠶蝕，我的精神幾瀕於崩潰的邊緣了，我甚至拒絕了一些求婚的男子，而只默守斗室的一隅，在孤獨中編織著我的愁思和幻想。你們當初說我是個愛幻想的女子，真是一點也不錯，我的幻想，將自己織封在一個悲劇的繭裡。

為了彌補我青春時代的過失，我不肯放過任何能夠邂逅籟鳴或能探聽到他消息的機會，我不肯漏過一次藝術家們的集會，或畫展，希望能夠與他相遇。但好幾年過去了，我到處打聽不出他的下落，好像他已經自我們的社會中隱去了，甚至他的作品也看不到了。我耽心這是由於他精神受了嚴重打擊的緣故，這種憂慮，使我的心靈日益沉重。經過幾次戰亂，我更無從探詢他的行蹤，我常常含淚的想，今生我不會再遇見他了，我再也沒有彌補過失的機會了，我甚至耽心他已經不再在人間。日子一天天在憂傷中飛逝，我身心一天天的憔悴下去……。

一天，一個年輕的女畫家林畹到這個城中來開畫展，有個藝術界的朋友介紹她來看我，要我為她幫忙宣傳一下。這位女畫家對我說的第一句話就是：「×女士，我認識你。」那簡直使我有點莫名其妙了。我很驚訝的問著她：「在什麼地方，什麼時候見過吧，我一時記不清了。」她笑著說：「在我老師的畫布上，當我在北方讀×大藝術系的時候。」我更感到迷茫了，急急的回著她：「誰是你的老師？」「是籟鳴！」她靜靜的回答著。呵，籟鳴，我晝夜低喚著的名字，我晝夜思念著的人！從林畹的述說中，我知道籟鳴曾有兩幅最得意的傑作，一幅題為〈池畔〉，一幅題名〈信〉，畫中的人物，是同一個女子。林畹更幽默的向我笑著：「×女士，恕我冒昧，我覺得那畫中人的面目和你極相像呢。」我猜想那必是籟鳴按照我寄給他的照片畫的，啊，想不到他竟對我如此的一往情清。我焦灼的向她探問籟鳴的近況，她告訴我說，他才自香港來到這裡。她更有意無意的笑著說：「他還是一個單身人，這麼多年也未曾續絃，不知是為了什麼原因，大概是為了那個畫中人的緣故吧？他以前每次上課總要向我們提到畫中的那位小姐，他說像那個女孩子才配做他的終身伴侶，他們雖不曾見過面，但是信上他已充分的認識了那個女子的智慧，才華與靈魂的高貴。他說他永生熱切的愛著她，為了她曾在他斷絃後最憂傷的時期給了他無限的慰藉。他不止一次指著畫中人向我們這些學生說：這個人物是世間最仁慈的，最富於才智的，是一個藝術者終生追尋的目標，但是我沒有福氣，一封過於鹵莽的信，引起了她的不快。──她再也不理我了，我懊悔也來不及了，如今，只有以我淒涼的生活來表示對她的歉憾……。」林畹說完了，向我淡淡的機智的一笑，她說，如果我不反對，她願意告訴她的老師，她已看到了〈池畔〉那幅畫中的人……。

心珠說到這裡停住了，她自手袋中拿出了一張精緻的結婚請帖：

「這便是我那個故事的結論了，你滿意吧。在這裡，我還要補述一下，由於林畹的說明，我和籟鳴見面了。籟鳴，這個屢次出現在我夢中的人終於來到我的眼前了。我向他坦白的陳述了我過去的惡作劇，以及近些年來的懺悔情緒，他說他深深的愛著這個懺悔的心珠，也更深深的愛著十年前那個惡作劇的心珠，他以為在那天真的行徑裡，有著最可愛的稚氣與純潔。……我發現他很蒼老，比我想像的更為蒼老。但是，那多皺紋的寬廣額頭，那深邃的眼睛，那星星的華鬢，使我在愛戀以外，更多了一份崇敬與憐惜……。我們那天在公園的園池邊坐著，談了很久，直等到月亮上來，他說他要我穿起藍色裙子，他要看看那個信上的心珠……。我傷感的和他說，當年那個少女已經失蹤了，坐在他身邊的是一個即將失去青春的女子……。他說，不，在我面前她仍然和十五年前信上的一樣可愛，同時更多了一顆熱愛著他的心……」說著，心珠又將那份精緻的緋紅燙金的帖子在我的眼前一掍：「後天來吧，老朋友，請來參加我和籟鳴的婚宴吧。」

「誰是你們的結婚介紹人呢，我猜想是那位女畫家林畹？」我問著心珠。

「不，是籟鳴那兩張畫，那幅題名為〈池畔〉同那幅題名為〈信〉的畫。如不是這兩張畫，林畹也不會認得出是我。……婚宴中，我們將把這兩張畫擺了出來。」心珠笑了，嫣紅的羞赧笑容，使她的臉上恢復了青春的美麗。

四月裡的湖水

一個朋友送給我一本梭羅著的《湖濱散記》，書中的關於清麗湖水的描寫，使我神往：

一個湖，是風景中最美，最有表情的容貌，它是大地的眼睛；湖邊的樹木，是鑲邊一樣的睫毛，……站在湖邊平坦的沙灘上，在一個平靜的下午，微霧使對岸的邊線看不清楚，當你掉轉了頭去看它，它像一條最精細的薄紗，張在山谷之上，映著遠遠的松林……。

我闔上書，眼前似現出一片平靜如玻璃的湖水，我也似看到了在湖上的淡淡如煙的薄霧，湖水的清光，在那霧紗下閃爍著，將我帶進一個翠色的夢裡。

我恍惚覺得來到湖濱已三四天了，湖上的風光，秀麗如畫，使我陶醉。我好像是住在湖邊一座古舊的小樓裡，樓前種的都是柳樹，樹蔭裡，散亂的開放著一些小草花。天越來越晴暖，湖水越來越碧藍，而那些柳樹也更加青綠，自遠處一眼望去，那些垂拂的枝條，就好像將那座小樓隱蔽在一片濛濛的綠煙裡，一個多麼富詩意的理想居處呵。宅子裡，只有我同那個年老的女僕，她每天只在樓下忙著，我一日的光陰，便在靜寂中度過，鎮日沒有一個人來，我想趁這學校中給我一年的休假，從容的寫完了我那篇詩劇。每天開窗，在不同的光影中，湖水皆似乎有一種奇妙的變化，我日日的欣賞著，忘記了孤獨與寂寞。

一日天氣那麼晴好，我大開窗子向湖水凝望，柔媚的湖，似乎慵懶的在陽光下睡著，耳邊，傳來一聲清脆如竹笛的鳥聲，我想到一個詩人的句子：

天真好，鶺鴒鳥都向天飛去了。

像這樣的天氣，正是可以與這詩句互相詮釋，我想如果再把自己關在屋子裡，便真成了癡子了，我走下樓梯，出了門，慢慢的沿著湖邊走去，一邊快意的吹著口哨，與遠處動聽的鳥鳴應答著。湖岸上，一些紫菀，藍鐘花都次第的開放了，在那青綠的背景上，灑了一些彩色的點子，湖周遭是那麼靜，只聽見我的腳步微響，強烈的日光穿過了一些枝葉，帶了無限的暖意，照射到我的身上，臉上。

我走過湖東一幢白色的小洋房時，忽然一隻小狗躥了出來，向我狂吠，我隨意的撿起一枚石子向牠擲去，這隻小動物卻迅速的跑來，咬住了我的褲管邊緣……。

這時，自那矮矮的鐵柵門裡，傳來了一聲呼喚：

「萊昂，不要咬呀！」隨著那聲響，自那柵門後邊，走出了一個藍色衣裙的女子來，她向我微笑頷首：

「先生，對不起，我這隻小狗本來是絟在家裡的，牠卻掙脫了鍊條跑了出來，使你受驚了，沒有咬傷吧？」

「沒有什麼。」我看看那薄呢的褲管邊緣，只不過留了兩道深深的牙印。

「太對不起了。」那女子仍然站在門階上，低抑微帶鼻音的語聲，伴了輕柔的笑。

我這時才抬眼看清楚了她，濃黑的秀髮，梳成兩條辮子，閃光的黑蛇一般，盤在頭頂，一枚琥珀色的圓形髮卡，將兩辮末梢合綰在一起，她的皮膚微黃，卻是細膩光潔，她的眼睛是惺忪的，好像霧罩的湖面，美在那份朦朧。只是她那自頸至肩的曲線，好像是藝術家加意描的，顯出她的豐滿與古典的美……我最後向她點點頭，我意識到自己沒有理由再在這裡停留，我挪步預備走開……。

忽然自湖邊跑來一個五六歲的小男孩，他手裡拿著一些折來的野花，撲到那女子的身上，用手指指我：

「他是湖對面新搬來的，我知道。」

我笑著問他：

「小弟弟，你認得我麼？」

「你搬來的那天我就看見了。」

旁邊，他的母親也隨意的問著我：

「您是預備在這兒住麼？還是來湖邊度假的？」

「我是在×大教書的，今年正好有一年休假，我就來了，住多久，還不一定。」我說完了才感到自己的話說得太多了，不禁感到一點不安。

「×大麼，好極了，那末你和家兄是先後同事，他離開×大已經有些年了……我還沒請教您的大名呢。」

「李凡治。」我簡單的回答。

那少婦的臉上，閃出一層光彩，好像是晨曦照耀下的湖水，顯出一種新鮮的少女的容光：

「呵，是那位常在《方舟詩刊》上發表作品的李先生麼，真是幸會，我們是你的讀者呢。」

「哪裡，哪裡，見笑了。」我點頭向她作別，繼續向前走去，但我感覺到仍有兩隻湖水般的眼睛，在追隨著我的背影，雖然我並沒敢再回頭。而同時，那個藍衣裳的，濃黑髮辮結在頭上的可愛的影子，一直在我眼前搖動，我感到一點迷惘，在大江南北，美洲、歐陸，我看到了不少的面孔且有不少可以說是漂亮的，也許還可以說比剛才遇到那位美麗，但沒有一個像這個似的使我動心，她秀朗的眉眼，就像是出自名家刀筆的圖章，那麼深深的，深深的，印在我心靈的空白上，帶了鮮明的色調。

「算了，不要自尋苦惱了。那分明是一顆禁果。」我走著，澄明的湖水，新鮮的空氣使我漸漸清醒，我想到她身邊那個小男孩，想到她那幢白色的玲瓏的房子。

「愛情，愛情，還是叫年輕的孩子們去做這首詩吧，你要是去愛，你就得能有一份愛的資本，你憑什麼能發生那妄想呢？一個靠了薪水的教書匠，一個賣稿子的窮詩人！」當晚，我重新又把那曾飛馳到天邊的靈魂，輕輕喚招了回來，緊緊的壓放在詩頁裡，我希望不要發生什麼事了，寧靜就是幸福。

第二天黃昏，我臨窗而立，湖邊不遠的小教堂裡，傳來了悠悠的鐘聲，牆上藤蘿枝蔓上，徐徐的落下了褪紅的殘瓣，在風中盤旋著……。我看見一個跛足的老人，手中持了一封信似的東西，在我的門邊停住了，不一會兒，女傭送進一個印刷得極精美的請柬，上面，以娟秀的字體寫著：

明天（四月十二日）下午四時，恭請您駕臨寒舍來喝午茶，在座的還有您的一個小讀者，如果您能賞光，我們將感到無上的榮幸。

下面的署名是宋陳如緹。

如緹，多麼典雅的一個名字！我立刻想到這是誰送來的了，我感到一陣難言的忭奮，我毫不猶豫的寫了一張回片去，說我一定準時到達。次日下午三點鐘才過，我便穿戴整齊，離開了屋子，看看時間還太早，我在那一帶蘆葦叢中徘徊了一會兒，望著天邊燦爛的雲影，我為生活譜出了無數綺麗的歌，昨天下的「決心」我完全忘記了，我只是充滿了好奇的，準備接飲機遇為我擎來的杯子，隨便它是苦的還是甜的。

踏上那白色洋房的石階上時，腕錶正指在四點上，我按鈴，蹣跚著前來開門的，是昨天前來送請柬的那個跛足老僕，好清雅的院子，一進門便聽見噴泉的細響，院角是一座砌得極整齊的花壇，小狗萊昂絓在院牆的一角，在日影下掙扎著想淘氣，牠看到我，又狂吠起來，我無言的笑了，無知的小動物呵，我對牠充滿了感謝。老僕人帶我走過院中石砌小徑，那個如緹早盈盈的站在階上迎我了，旁邊是那個活潑茁壯的小男孩。

我隨著她們走進了客廳，房間很大，一面有著落地窗，室中的幃幔、桌布、地毯，都一律是紫色的，中間的圓桌上，是一大束盛開的白色同紫色的丁香，這不是一個陳設得富麗堂皇的屋子，卻是另有一種新穎而別致的格調。如緹招呼我坐了下來，不多時自己托著幾盤精緻的點心，走進屋子，我又注意到那雙眼睛，那雙湖似的眼睛，今天，湖上的薄霧好似消散了一些，更透射出一股攝人的清光。她的後面，跟著一個學生裝的年輕的女孩子，手中拿著幾隻翠色的杯子，提著咖啡壺。

如緹閃過一邊，笑吟吟的指著那個女孩子為我介紹：

「我的妹妹如縈，你的一個忠實的小讀者。」

我站起身來：

「不敢當，我本來寫不出什麼像樣的作品來的。」

如緹聽到我的話，卻笑得格外響亮了：

「詩人總應該瀟灑一點呀，何必這麼客氣拘謹呢？」說著，她又指指我身邊的座位：「如縈，你好好的和詩人談談，他可以告訴你寫詩的經驗呵。」

如縈有幾分羞赧的坐了下來，她好像很難為情，將椅子稍稍挪開一些，然後坐下了。

看來她是一個中學的女生，微黑，豐腴，有天然紅潤的嘴唇，她的手腳似乎大了些，身材很高，滿臉上卻充滿了孩子的稚氣。她的姐姐的美是秋天的，成熟的美，而她呢，卻如同一朵未展放的鬱金花蕾。

如緹殷勤的為我倒著咖啡，問著我的身世同經歷，她自己也零碎的說出自己歷史的一部分。她那爽朗而得體的談話，灑脫而大方的舉止，說明了她是一個曾活躍於交際場合的女性，她懂得很多，書好像也看得不少，但她並不故意炫弄，卻似有意掩飾，常常自稱是「鄉下人」，伴著極有風趣的笑容。

由如緹的談話中，我知道她的丈夫曾是一個極有名的律師，六年前便去世了，留下了一個遺腹子，便是那個小男孩宜宜，自那以後，她便帶了這唯一的妹妹同一個老僕來到這個僻靜的地方。她說，她感到都市生活乏味而令人厭倦，不預備再遷離了，她只願能夠將妹妹同兒子教養成人，她更說到如縈在附近一個教會學校讀書，藝術一類的課程都很好，只是國文的根柢很差，說著她一雙清瑩的眼睛望著那個女孩子：

「你願意彈奏一曲，以娛嘉賓麼？」

如縈怯怯的在琴旁坐下來，彈了一支蕭邦的曲子，彈得很流利，姿勢也不差，只是錯了幾個音符。

「好極了，真是脆得像玻璃，柔得像絲絨！」我記起了一個人批評一位名鋼琴家的話，禮貌的讚賞著。

如縈的臉紅到耳根，微微的笑著又回到座位上：

「很久沒有練習了。」

「真的，能不能麻煩這位李先生替你補習一下國文呢，在我們這地方，很難找到這麼一位老師呢。」如緹站了起來，她那絲質的衣裙，發出綷縩的微響，她的雙目凝望著我，帶著請求與命令的神氣，我無力拒絕，我自供我是願意在這一雙眼睛的注視下，接受一切的驅遣的，何況這輕而易舉的補習國文的事？

「那是我的榮幸，我很願意能為府上做點事。」我很高興的回答著。末了講定，每個星期四六如縈在下午七至九時到我的寓所來，我為她講解一點古文。

補了幾次課，我看出來如縈是一個極聰明的女孩子，但是就因為太聰明了一點，注意力散漫而不大集中，在我為她講解古文的時候，她常常提出一些離奇不著邊際的問題，我看出她表面上很拘謹，但卻熱情，富於幻想，我常常戲呼她為小小的「湖畔詩人」。(湖畔詩人指的是英國華茨華斯等諸詩人，他們倡導浪漫派的詩，主張詩當為熱情之奔放。)當然，我如此稱呼她也有幾分譏諷與警告的意味，她聽了總是搖頭否認著，微微有幾點雀斑的圓面孔，變得緋紅：

「哪，老師，你譏諷我！」

兩種性格比較起來，我是更讚美那個深刻而含蓄的姐姐如緹，自那次以後，我很少見到她，但是，每逢見了她的妹妹，思念她的情緒彷彿更為加深了些，我常常希望自眼前這個年輕女孩子的臉上，找到幾分與她姐姐的相似處，藉以安慰我的苦思，但是，她們全無相同的地方，我感到一點失望與悲哀：一個，是遙遠的可望不可即的北極星，一個是伸手即可擷到的小黃菊，而我的心靈，完全充滿了對那顆星子的企望，而忽略了其他了。

一個星期六的傍晚，如縈來得較每天早了一些，我正在屋前蹓躂著，仰頭看一點點的星子，穿過了雲層，亮了起來。她穿了一件白羊毛布的短上衣，綠色的裙子，提了書包，向我走來，囁嚅著向我說：

「先生，我今天向你請一次假，我學校裡有點事，但請你不要告訴我的姐姐，她問到時，只說我今天來上過課了。」

我很想問問她到底這麼晚學校裡還有什麼事，但我才欲啟齒，我聽到門外清脆的自行車的鈴聲，伴著一聲響亮的口哨，如縈聞聲立即匆匆的跑出去了，我頓時明白了是怎麼一回事。我想起了我逝去的中學時代，我微笑著嘆息了一聲，我想，我沒有理由阻止他們，除非我愛如縈。

但這樣的事越來越多了，為了如緹的懇切的囑託，我不得不向那個小小的湖畔詩人——如縈提出了溫和的勸告：

「如縈，你要注意一點我們的功課了，本來這也沒有什麼關係，但是，這樣下去，我向你姐姐交不上卷了，她如果問起你的課程的事，我怎樣回答她呢？你替我想一想，或者，如果當真沒有興趣，我們索性就明白告訴她，我們就不要再讀下去了。」

那個少女的眸子裡，充滿了淚水，她的臉色變得灰白：

「先生，請你原諒我，以後我一定不缺課了，請你，請你千萬不要告訴我的姐姐好嗎？」她的聲音顫抖著懇求著我。

我受了感動，我叫她坐了下來，我慢慢的問著她：

「你怕你的姐姐嗎？」

「有點，我有點怕她。」那少女哽咽著回答。

「那麼好了，我們再也不要缺課了。」

我望著那一雙溼濛濛的淚眼，我心裡默默的想著：

「你怕她，我卻是愛她。所以你比我幸福。」

如縈經過那次以後，當真的用起功來，她本來天資很高，心思一集中，便有了很大的進步，有幾次，當我和她對坐在樓窗前面研讀著文章時，門外又送來清脆的車鈴，伴著幾聲響亮的口哨，我故做不知，暗暗的查看如縈的神色，她咬著鉛筆，皺皺眉，望著樓外的柳蔭，輕聲的說著：

「討厭！」

我翻著書頁，假做不曾聽見，她也以為我不曾注意到。我的心中卻暗暗得意：我的教導勸告成功了。

五六天之後，我收到一封無頭無尾的信，上面寫著：

你是不是愛上你的學生了？我警告你，你要注意。

字體是歪歪斜斜的，寫在藍格子紙上，我笑笑：

「事情哪裡有那麼簡單！」我將它揉搓了，丟在字紙簍裡，那信上要我「注意」，我並沒有注意，我注意的是那顆遙遠的北極星，它的清冷的寒光在照射著我，我渾忘了其他人間的事了。

有一天晚上，落著霏霏的細雨，我撐了一把傘出去，去到那白色的小洋房附近，門扉緊緊的閉著，我望著屋子裡的燈光，出了一會兒神，又悵悵的回來了，走到我的住所附近，柳樹叢中，卻跳出了幾個人影，將我擊倒，我昏暈了。

午夜，我醒了過來，發現自己躺在一個病房裡，微暗的燈影裡，值夜班的白衣護士，托了一只藥杯，她對我說：

「你的熱度已退了一點了。」

我捫捫前額，自己不知是陷在怎樣一個噩夢裡。我只感到腰肋部隱隱作痛，飲下了藥，我又昏昏沉沉的睡去了。

次晨醒來，太陽已經很高了，半間屋子浸在金影裡，我看到桌上一只花瓶裡，插了一把白色的康乃馨，吐發出那麼淡淡的香息，護士小姐微笑著向我說，有一位太太同一位小姐已經來過了，我猜出是如緹姐妹。我嘆了口氣，我問她：

「她們沒說什麼嗎？」

「沒有，她們好像很關心你，尤其是那位年輕的小姐。」護士小姐向我投過來羡慕的瞥視，但我的心卻沉下去了，我希望她說的不是那「年輕的小姐。」而是另外的一個。

下午打過了針，我覺得輕快了一些。約莫兩點鐘的時候，如縈來了，她說她姐姐同她在上午來過了，她的眼睛含淚望著我：

「先生，我真對不起……我真沒想到那些人這麼卑鄙，他們怎麼竟會無故的毆打你呢。」

「如縈，那和你有什麼關係呢，不過，我初到這兒來，又沒有仇人，我想不出到底是誰做出來的。」

我們無言相對，時間在靜默中飛馳……我看看腕錶，已指到四點鐘上了，如縈仍呆呆的坐在窗邊的椅子上，癡癡的，一付可憐的樣子。我問她：

「如縈，你不去上學麼？」

她靜靜的說：

「我已經向學校請過假了。」

我沒有想到她會這麼做，我說：

「那絕對不可以，如縈，你快畢業了，你不應該再耽誤你的功課……。」

她揉搓著紅邊的小手帕，並沒有抬起頭來：

「難道……難道你不願我呆在這兒麼？」她滿臉幽怨的神情，步履緩緩的走了出去。

我無意中挪動了一下枕頭，發現了有一張淺綠的箋紙，上面，以圖案的字體畫著幾個字：

已將寸心寄明月。

因為是圖案體的方方整整的字，我分辨不出是誰的手跡，我悵悵的看著它們，不禁太息：

「越來越複雜了，我陷在一面錯綜的情感的網裡，我是一條可憐的魚！」

幸而傷勢不重，一週後，我就出了院，當天，如緹如縈姐妹帶著小宜宜，一同到我的寓所，請我到她們家午餐。

菜餚清淡可口，席間，如緹屢次舉杯，為了我的為她妹妹補課而致謝，並慶祝我的出院，只有如縈面紅紅的坐在那裡，若有所思，並不說話，我輪流的盯視著這兩個面孔，希望發現我枕下的紙條是誰寫的，但是，多麼難解的謎底呵，我到底不曾猜到。我內心深感苦惱。

飯後，如緹帶著宜宜因事進城去了，寬敞的客室內，只餘下我，還有如縈，我感覺到無聊，拿起帽子想回家去，但如縈幾次勸我留了下來，而留下來兩人又無話可說。可怕的沉默籠罩了這間屋子，我感到要窒息了，我想打破這岑寂，卻又不知說什麼才好，我深為心中那個疑團所苦。

還是如縈先打破沉寂，她放下了手中的報紙：

「先生，這兩天，我的姐姐不曾向你說什麼嗎？」

「沒有！」我簡短的據實回答，我感到風雨欲來的先兆，我的心不禁悸動。

「那……我那留下的一句詩……先生看到了麼？」她的話語斷斷續續的，我不知道她臉上是什麼神色，因為我已沒有勇氣去看她的臉。

「是你寫的？……呵，寫的字很好！」我的心中感到一陣失望，心頭的閃搖的火燄，好似突然被雨點澆熄了，我故意的「文不對題」的回答著。

「唉……。」她輕輕的嘆息了，我的答語苦惱了她：「姐姐還以為我們已是很好的朋友了呢……，但是，但是，你為我受了毆打……無論如何，我是，我是應該感謝你的。」她好像很吃力將話說完。

「如縈，是我應該感謝你，只是，你的……你的神聖的感情我不配接受，留著它，給你將來遇到的比我好的人……。」我說著站了起來，我不能繼續的停留在這屋子裡，我悄悄的掩了門走了出來，任這天真的小姑娘留在痛苦中吧，總比使她痛苦一生好些，我深深的知道，我不會給她幸福。

回來後，我橫倒而臥，我想著在湖邊經歷的一樁樁的事，我自己思度著，充滿了懊悔：

「你呵，你是來演悲喜劇的麼？」我頹然的自問著。

女傭推門告訴我說，有一位女客來見我，我想又是如縈那個小姑娘：

「可憐的孩子，她來做什麼？」

房門輕輕的開了，出乎我的意料之外，來的是緹！她大約剛自城市回來，仍穿著外出的服裝，著了一件短袖的玄色衫子，帶了黑色的尼龍手套，中間露出一段那麼豐滿圓潤的手臂，好像是象牙雕刻的，那份美使我眩迷。我站了起來，為她倒茶。她的唇微動，想說什麼，似乎又止住了，而代以客套：

「好一間幽雅的屋子，真是詩人之家。」

「難得大駕光臨，蓬蓽生輝。」我也故意的和她說著客套話。

她抿了一口茶，眼睛凝見著我，帶了一種憂鬱神氣：

「原諒我問你一句，你和如縈怎麼談的？她哭了好久了，她說你不願意和她做朋友。」

我當真感到奇窘：

「我們不已是很好的朋友了麼……至於說到別的，請她同你原諒，這個，我自己甚至也無法做主……。」

「到底你為了什麼不喜歡她呢，她不是個很可愛的孩子麼？」

「是的，她是很可愛的，但是我……，但是我……，」我凝望著她那光潔圓潤的面孔，那蘊藏著無限智慧的眸子，我囁嚅不能成語了：「我愛著……另外的……一個人。」

她的面孔突然泛起一層紅潮，我看到她的手顫抖了一下，手中捏著的淡黃皮製的小錢包落在地上。半晌，她才稀微鎮靜了一點：

「那個人對你怎樣呢？」她的頭垂得那麼低。

「那，那我怎麼知道呢，愛她於我的事，那在我一生是再也不會改變的了，至於接受不接受我的愛，是她的事……，隨便她怎樣對待我……」

「凡治！」她第一次喚我的名字，她抬起了頭，湖一般眸子，閃爍著怎樣瀲灩的淚水的波光呵。「我請求你……不要再說下去了，我知道，但是……」她的話斷了，再也繼續不下去了。

我的滿腔的言語，一齊湧到口邊：

「自從我看見你的那天，我的心便一直的感到紛亂不寧……，我愛上了你，卻不敢斷定你是不是愛我，我每逢見了你便又喜又懼，我不敢向你表白，這也許是一段沒有希望的愛情，但是，它卻會支配了我一生，在這情形下，你強迫我去愛另外一個人……，那怎麼是可能的？……在別人也許可以，在我卻是……卻是不可能的。」

「唉，一個多可怕的錯誤，多可怕的錯誤……那個不必再提了，你了解我，大概比我自己還清楚。」她的語調，似乎已恢復了平靜，我心中暗暗的想，真是一個理智很強的女性！幾分鐘在沉默中度過了，她又接著說道：

「但是，但是，那個可憐的小妹妹卻是確確實實的在愛著你呵！你不會……你不會試著去愛她麼，……為了……為了我的緣故。」

我搖搖頭：

「我的心靈，只有一個，……對她，只有兄長的愛，其他的感情……我沒有剩餘的了……。」

她默默的站了起來，摘掉了一隻手套，她無語的望著我，似乎在說：

「一個悲劇的腳本擺在我們的面前了，你要如何演下去？」

「……。」我痛苦的咬著下唇，樓窗外，在落著纖纖的雨，遙望湖水，隱在一片水霧裡，正如凝望著我的那一雙眼睛。

「你要勸勸如縈，……另外，我想，我離開這兒。」我怔怔的說：

「也許，這是唯一個辦法。」

「你要走嗎，當真？」她像是吃了一驚，但是，只一剎那她便平靜如常了，她的目光中，轉而有一種喜悅的神氣，好像說，這樣也好。但是她的口還卻低聲的問著：

「什麼時候呢？」

「不要耽擱得太久，我想最好我明天就動身。」

她坐在那長椅上，又站了起來，內心似乎有一種輕微的戰鬥，眼睛中顯出了極其苦悶的神色，好像在夜色籠罩下黯淡的湖光。但她那份極堅強的理智，似乎在更有力的控制住她，她繞室走了幾步，自屋角拿起她的綢傘：

「我今天就先回去了，希望在你走以前能再看到你。」

「不必了。」我低聲的說，痛苦的波濤似乎將我整個的淹沒了，我向她伸出了手：「別了。」

我送她走下樓梯，在門口處，她回過頭來，深情的注視著我：

「但願我們還有相會的日子！」

「是的，我也如此希望著，只是，……」我感到一陣難言的悽楚，無法說完了我要說的下文：「人生的一切事很難說……。」

……

我醒了過來，夕陽已斜過牆邊，原來是手中那本《湖濱散記》引我做了一個又美麗又悲哀的湖濱的夢，半日的光陰，我經歷了多少不同的甘美與澀苦的情感呵。我又打開了這本神祕的書，幾行字跡，映現在我的眼睛裡。

小小的湖當四月裡，黃昏肅穆，鶺鳥四周唱歌，隔岸相聞，這樣的湖，再也沒有比這時候更平靜的了。

我放下書，思想的腳步，又踱回到那個失去的夢境裡，我又像看到那兩隻湖水似的眸子向我閃爍，閃爍……。

甬道

下午五點多鐘，巷中靜靜的，雨後的夕陽，無力的在牆頭抹了一片鵝黃，更潦草的將樹影子模模糊糊的畫了一地。如瑞叫車子在巷口停下來，自己踱到門邊的石階上，從手袋掏出了一串鑰匙，打開了門鎖，呵，門外那株櫸樹，不知什麼時候已開滿了一團團棉絮似的白花，她望了一眼，然後推門進去。

她懶洋洋的將手袋和一本小冊子往桌上一丟，也沒更換外出的衣裝，就倚坐在沙發上。滿屋子亂糟糟的，還是她臨出門時的那幅景象，只是清晨才洗淨的煙灰缸裡，多了幾枚煙蒂頭，煙灰缸下，壓著一張小紙條，上面以原子筆潦草的寫了幾個字：

「如瑞，請你在今晚把我那件米色凡立丁上衣熨好。」

她知道在她外出的辰光，她的丈夫琨回來過了，看樣子是在家裡待了一忽兒，便又匆匆忙忙的走了，他總是把這個家看成個旅館。妻子呢，當然在他的心中就像個服務生似的，他只是偶爾來此歇歇腳而已。他們兩人間的情形，真好像太陽同月亮一樣，難得碰回面，見著，也只是那麼短暫的一忽兒，一轉眼，不是太陽落了就是月亮沉了！他一天在外面忙著他的工作和應酬，有時她午夜一覺醒來，才聽到緊一陣慢一陣的門鈴，在夜深人靜時聽來，那聲音格外響亮得刺耳。有時長夜寂寂，門鈴竟也不響了，直到第二天太陽很高，才見人回來，但一離開早餐桌，用飯巾抹抹嘴，燃著煙斗又出去了。有時她也偶爾外出，兩人三兩日不見竟成了常事，因此他有囑咐的話語，也就不得不做成「書面」的，就像這個小紙條似的。如瑞越想越氣惱，索性把這個電報稿似的東西揉成一個紙團，扔到桌子底下，望著一地夕陽，心中真有一股說不出的滋味。

她泡了一杯茶，托在手中，望著杯中那游魚般浮上浮下的茶葉，一時心緒如潮。

她翻弄著方才扔在桌上的那本綠色塑膠封面的同學錄，她真懊悔方才去參加那個同學會，當年活潑歡笑的一群年輕孩子，不知道都被時光帶到哪裡去了。會場上，都是一些被青春留在後面的一群女同學們。都失去了昔日那份窈窕輕盈，歲月催人，誰能逃得過時間的魔掌的捉弄呢。尤其是……，她盡量不使自己再去想那一樁，而偏偏忘不下那一樁……，她又遇到了那位郝克仁教授。

當她要畢業的前一學期，郝教授才自比國學成歸來，擔任她們的教育心理學，並擔任她的畢業論文導師。因此，她便常常有機會到他那清雅的教授住宅去請教。

她記得那房子靠近學校後門，孤零零的，傍著湖邊臨水而築。門前植有幾竿竹子，院中的花架上，一半是葡萄枝，一半是紫藤。夏天一到，那院宇便顯得綠蔭蔭的。每逢她按約定的時間前往時，郝教授總是叨了煙斗，笑吟吟的出迎，他房中的窗檯上擺滿了瓷花盆，一隻大貓帶著幾隻小貓，在窗前鋪了細砂的地上翻滾曬太陽，那個年老的女傭用一條毛巾包著頭，執了竹箒在清掃著院角……。廊前籠中的金絲鳥在比牠的羽毛還黃的日光中跳上跳下，唱出牠生命的喜悅。一個單身的男子住處，竟充滿了如此優美溫暖的「家」的情調，第一次，那清幽的環境便留給她一個深刻的印象。

每次，郝教授都端給她一杯釅茶，有時更拿出一大盒夾心的巧克力，請她挑拿幾顆，然後，將她要研讀的書攤開，翻到她應該注意的那幾頁，為她細心的講解，或者根據她那篇論文的大綱，為她補充幾點。他們在那張寫字檯前相對而坐，他煙斗中冒出的白色煙紋，團團片片的飛掠到她的頰邊，她不禁要咳嗆，但為了禮貌的緣故，她隱忍住了。多怪，漸漸的，她竟沉酣在那股濃烈的香息中了。有時候，郝教授一壁為她講解著，偶爾凝視她一眼，她覺得那澄澈的目光，在那繚繞的煙紋後面閃爍著，像是微雲後面的星光……。時間的腳步輕輕的向前挪移著，那幾個月的日子，在她真像一個短暫而美妙的幻夢。

有時呢，推開了那些書本、講義同論文紙，郝教授也向她講到一些其他的事，他有一次提到他的家鄉，那個山青水碧的地方，他說當秋來的時候，果園、禾場裡忙碌的情形，以及他幼年的時候，如何光赤了腳板，和家中的老工人一起參加釀酒的工作……說著，他指指院中成串的青葡萄，他笑著說，他希望有一天她能幫助他採下那些葡萄來做酒，「也許這些葡萄只能釀成一小罈酒，但儘夠了。」不知怎的，這句話竟使得她的臉紅了，好像已當真飲下那罈葡萄酒，並且有幾分醉了。

架上的葡萄慢慢的成熟，他們間的感情也似在慢慢的成熟了……論文完全寫好的那天，郝教授引她去參觀後院新建的那一座花房，自書室到後院，是要經過一條相當長的甬道的，他和她並肩走去，一陣清涼的小風迎面向他們吹來，帶著雨後草葉的溼味，他們默默的走著，有時竟挨得很近，兩人誰都不說話，好像也想不起說什麼，只聽到腳步在水泥地上發出細碎的微響，她的心中忽然感到一陣輕微的顫慄，她多惶悚，然而她又是多喜悅，這是一條清寂的甬道，而且是他引了她走過……。

甬道的地上，以水泥嵌出了斜格子的花紋，上面飄落著幾張風雨打下來的葡萄葉，一道閃爍的微光，一片清明的天色，自甬道的盡頭映射出來，那時，郝教授忽然轉過頭來向她說了一句談到天氣的話，在那一刹那，他們的面頰挨貼得很近，她感覺到他呼吸的溫熱，以及他的頭上那清馨的「苦林」髮蠟的味道，她趕快將臉偏開了，她覺得自己的臉在發熱，她無語的凝望著甬道盡頭那片清明的天色，那道閃爍的微光，她的心中突然萌發了一個念頭：她希望那條甬道很長很長，長得一生也走不完，那麼，她就可以永遠聽到他細碎的足步聲，呼吸著那「苦林」髮蠟的香味，……。

但是甬道很快的就走完了，她若有所思，默默無言，追隨在他身後，走近那座新建的玻璃花房。他問她覺得這座花房的設計如何？光線夠不夠充足？她只笑笑，他問她想些什麼呵，她怎好開口說出她那癡呆的念頭，告訴他她希望那條清寂的甬道，和生命的道路一樣長呢？

甬道是走完了，她像是自夢幻的境界走出，又回到了現實，她輕輕的嘆息了一下，對適才自己那稚氣的想法感到可笑可悲。

有一天她來看郝教授，事先並未約定時間，老女傭說他去逛書店了，約莫午飯前可以回來，她便坐在屋裡等他，聽著金絲鳥怪寂寞的在籠中鳴喚著，她隨意在書架上抽了一本社會學的書，翻閱著來消磨時光，書中突然掉出了一張相片：郝教授，一個很嫵媚的外國太太，兩人各摟著一個胖胖的淺色頭髮的小女孩，看看相片上，印有不魯捨爾的字樣，這是在北京攝的，當然是一張全家福了。她恍然明白過來，當時痛苦得幾乎暈眩了，她不知命運何以這般虐待她，當她將要看到幸福的光輝時，一片烏雲又迅速的飛了來，將它遮住……半晌，她像癡呆了似的，一動也不動的癱在那圈椅上，她覺得靈魂像是受了重傷，淋漓的鮮血，自命運的箭鏃下流溢了出來，但她不感覺痛楚，因為痛楚到極點，變成麻痺了，她坐在那裡，不想動轉，也不能動轉，彷彿只消輕輕的一轉身，就會導致山崩地裂，被陷埋在深深的痛苦之淵……。就那樣，不知過了多久，她迷茫的聽到那熟悉的聲音在和老女傭說著什麼，她聽到那熟悉的腳步聲自戶外傳來，她猛的警覺過來，將那相片夾放在原書裡，又抬起那瘦軟無力的臂，將那本書放回原處。那時，他已經推門進來，臂彎下是一大包新買來的書，面容上，閃著那樣不經見的光采，好似把戶外的陽光都帶進來了。他看到她，為了表示對女性的禮貌，摘下了頭上那頂薄呢的便帽，笑著說：「好極了，什麼時候來的？」簾外襲進的微風，輕輕的吹動了他胸前那條平整的黑色綢質領帶，捲起的襯衫袖子下，是一雙微褐的有力的手臂……。她癡癡的看著他，忽然覺得腳下的土地鬆裂了，現出了一道鴻溝，那鴻溝漸漸的擴大、擴大，使他們間的距離變得無限遙遠了，直到最後，他的影子竟是那樣的模糊了，她感到一陣難言的悲哀，一陣暈眩，但她勉強撐持著，不使他看到她的神態有何異狀……他看到她不說話，詫異的問著：

「怎麼了，不舒服嗎？」他為她將椅子挪近了些，低抑的聲音裡充滿了體恤與關切，這聲音幾乎感動得使她流下淚。就是他這一種紳士風度，這多情的語調，才使她陷在目前痛苦的深淵中，在她以前，她以後，不知有多少女性為他這溫文的態度所眩迷，而墮入那深淵之中……，不，她絕不要做這些可憐的弱者們當中的一個，她一定要掙扎，要堅強的站立起來……。這麼想看，她搖了搖頭，但她的眼睛溼潤了，她的喉頭哽咽了：

「沒有什麼。」

「那麼坐坐吧。」他接近了她的身邊，隨手拿來一本雜誌，為她講解著其中最有趣的一篇文章。

但她顯然已失去了傾聽的興致，失去了平日的活潑與歡笑，他不明白她何以有這樣的變化，絞擰著細長如鋼琴家般的兩隻手，很失望的說：

「你能告訴我你到底是為了什麼嗎？請你原諒我，我要怎樣才能使得你快樂？」他的聲音，像是一根欲斷的琴弦，那樣的微細，且有著一絲顫動。

她隨著那聲音抬起頭來，向著他望去，那高高的額頭，那挺直的鼻子，那充滿了智慧的微微凹陷下去的雙眼，那唇邊的兩道淺淺的紋路，當他笑起來時，那紋路更顯明了，使他那張面孔上充滿了機智、嘲諷與幽默的神氣，啊那簡直像是米凱朗基羅塑的一尊大衛王的石像呢，……她的心情激動了，她的嘴唇掀動著，險些說出了那照片的事，話將到口邊時，她才盡量的抑制了下去，而只以充滿失望的語氣說：

「算了，我什麼也不要求，我原是個不幸的女孩子，從小就失去了母親，在繼母的冷眼下長大，……我從來不知道什麼叫幸福和快樂，也永遠不想知道了。隨它去吧。」

郝教授怔怔的望著她，無言的搓著他那一雙又細又長的大手，他那雙深邃澄澈、如同清可見底的溪水般的眼睛，竟似迷濛著一層悲哀的影翳了：

「說吧，有什麼困難，我可以幫你解脫嗎？」

她聽見他的話了，但她一語不發，她只默默的想，她該迅速的離開這裡，躲到一個遙遠的、他尋覓不到的地方，將自己沉埋在這一段幸福的記憶裡，這一段幸福的時光原不該是她所應享受的，她未來的一段淒苦歲月，正是為購買這短暫幸福的應付代價。但是，就在那決定要走的一剎那，她對眼前的這間屋子以及屋子的主人轉覺有無限的留戀了。那飄著白色挑花亞麻布的窗帷，每次她來的時候，便看到主人拉開了它，自窗口現出他那又肅穆又親切的笑臉來；那個書架頂層擺著的銀製小花瓶，還是自己送給他的，其中插的那一枝水松，也是他們一次沿著溪邊散步折來的；對面那張籐椅上，那只棕紅的椅墊，還是她特別為他買來的，在以前他寫論文的時候，他總是愛坐在那張椅子上。……那天因為是微陰天氣，那屋子籠罩在一層藕灰色的暗影裡，顯得比平日更可愛一些……。呵，多少次，自己曾幻想著做這裡的女主人，她希望有一天坐在他的身邊，看他搖筆一頁頁的寫出他那震鑠古今的學術性的大著作，偶爾他倦了，扔下筆向她微微的一笑，她會為他沖一杯濃淡合度的茶，她會為他燃著了蚊香，在靜靜的夏夜，聽著他的筆在紙上沙沙作響……。但這只是一個空夢，他以及他這清雅的屋子，原是屬於一個異國的女性的，這裡，沒有她的份，她這個後來的闖入者啊，她有什麼權利在這裡逗留呢，她在這裡已經流連得太久了，她應該離開，很久以前她就應該離開，她在過去所度過的似乎是幸福的時光，原是自別人處無意中竊盜、掠奪來的，呵，這是可恥的，不是純潔坦直的她所該做的。她想到那裡，不禁打了一個寒噤，扶著椅子扶手，站立起來，黯然的說：

「我要走了。」

「再坐一下吧。」他留著她。

「我早就該走了。」她悽然的低語，幾乎淌下淚來，但也還未明白她話裡的深意，卻向她說：

「明天來吧，在我這裡吃中飯，我慶賀你的畢業。」他說著，轉身到衣架上去為她拿掛在那上面的手袋，他心裡遠以為女孩子的憂鬱，一轉瞬便會像六月的雲彩般消失了。

她走出來時，更以充滿了深情的眼睛，向屋旁那小甬道望了一下，在那陰暗天氣，甬道裡更顯得黑幽幽的，她悲哀的想：今日便是走到那甬道盡頭的日子了。當晚她搭廿三點的火車離開那裡，文憑函託一位知友代領，她並給郝教授留下一封短簡：

「我走了，到很遠的地方去，你也許以為我走得太早了，未參加畢業典禮，未領文憑……，但我覺得我已經走得太晚了。我是個女人，我不願自另一個女人手中掠奪幸福，雖然我和她素昧平生，但我憐憫她，同情她。」

轉眼十多年過去了，自己也已在五年前和琨結了婚。這全然不是愛情的結合，她覺得她的愛情已經在十多年前死了，葬了，埋葬在那張相片下面，那本社會學的書裡。只因為琨是自己的遠親，學業品性也都過得去，當他開口向她求婚，她便答應了。五年來，日子過得極平靜，家庭中並沒有太多的溫暖，兩個人的情感都似冷凍在冰箱中，因而也沒有腐壞破滅的危險。琨供給她生活上的需要，她為他料理家務，這似是一種再公平不過的交易。她每天撕掉一張日曆，也任著她一天的光陰像日曆似的一頁頁的掉落，她什麼也不想，什麼也不追憶，人漸漸變成了一片化石……但在三個月以前，她才發覺自己已經懷孕了，這使她感到又驚又喜，在那道黑幽幽的人生甬道盡頭，她又似看到了那一道閃爍的微光。在這一道微光裡，她好像重又把握住生命的意義，她開始將自己的理想與夢都交給了這個未出世的小生命，她漸漸的心情歡愉一些了，面頰上又現出了失去的紅暈，眼睛中又閃發著光彩，當她感到自己的脈搏中有著一個新生命的脈搏的跳動，自己的呼吸中有著另一個新生命的呼吸時，她覺得活下去是值得的了。

不巧的是，她就在這時候，在她生命才有轉機的辰光，又逢到了那個郝教授……。十多年的時光，在他的容顏上留下了痕跡，他的頭髮中已夾有銀絲，但神態仍是那般的瀟灑，莊嚴中帶著親切，肅穆中饒有風趣。一件長袖的襯衫，胸前依然結了一條黑領帶，領帶的下端，是一枚鍍金的小提琴形的壓針，她不禁心跳，這還是她當年送給他的，為了答謝他那份生日的厚儀，當然，這枚琴形的壓針，也象徵著她少女的情愫，想不到他還保存著……。那枚壓針，在他的胸前的領帶末端，閃閃的發著微光，照亮了她回憶中的情景。

在茶會上，她正好坐在他的對面，四隻眼睛，像是在太空猝然相遇之行星，閃出了那樣璀燦的光燄，幾乎將熄滅了的愛之灰燼，又燃燒起來了。

這次的相逢，是他們兩人所未料想到的……在走出會場後，郝教授也跟著她走了出來。他問到她的近況，也談到自己的生活，如瑞才知道，他那位比國太太在他回國的前一年已經去世，兩個小孩由外祖家撫養著，他每月為他們寄去生活的費用……。他說這些本來應早就對她說，但一直在遲疑著，等待著機會，不幸她看到了照片，竟然走了。他末了嘆息著：「一個錯誤，一個多大的錯誤！」

她當時怔忡的不知如何來回答他，她的內心感到一陣痛楚，好像整個的心靈被撕碎了。眼前這一個人，她愛過他，以全部的生命；她恨過他，以全部的心靈，但她多少年來忘不了他，他的影子深深的、深深的鐫刻在她的靈魂中，她沒有一時一刻將它擺脫掉，那一段傷心的回憶，曾使她的心終日流著血，她的眼終日含著淚。但如今，謎底揭穿，欺弄了她的不是他，而是她自己，將她推出了幸福的門外的，不是那陌生的母女三人，而是她自己，她為什麼當初不仔細考慮一下，打聽一下，便那麼匆遽的自他面前逃遁了呢。她恨，她更悔，她再也隱忍不住了，她哽咽著：

「是的，一個錯誤，我求你原諒，我那時太年輕了。」

「我了解你，唉，這些年，自從你離開後，我受盡了痛苦的折磨，現在我還是……。」他說到這裡不再說下去了，他是個極有修養的人，無論情感激動到什麼程度，在言語上他仍然作著若干的保留。

沉默了幾分鐘，他看看到了馬路的轉彎處，為她喊來了一輛車子，仍然那麼溫存而體貼：

「你累了吧，坐車回去吧，我想……明天下午我去看你，有空嗎？問候你的先生！」

她漫應了一聲，坐在車子上，好像失去了知覺一般，腦中只迴旋著兩句話：

「一個錯誤，一個多大的錯誤！」另外，又似有一個微細的聲音自她心上發出來了：

「一個錯誤，難道是不可彌補的嗎？」

……

她就這麼怔怔的坐在椅上想著，想著，望著茶杯裡那飄上飄下如同游魚的茶葉，他最後說的那兩句話，像魔術師的帶子般，將她纏縛得緊緊的，緊緊的。……壁上的鐘敲了六下，她才意識到自己已呆坐許久了。她咬咬下唇，撩拂了一下頭髮，她又自夢中回到了這個現實的世界上，身心是那樣不自在，也許是穿的那件衫子太緊了，她覺得自己應該脫去這件衣服，另換一件寬鬆的，遂站起身來，走到內室，打開衣櫥……。觸目看到櫥裡小抽屜上放著的那件未完工的為嬰兒預備的小衣衫，竟像是觸了電一般，她以顫抖的手將它抓了起來，放在唇邊吻著，又放在胸前，心跳得好緊呵！她嘆了口氣：

「一切都已成了過去，我還想挽回什麼呢……。為了這個未來的小生命，我還是我還是……過這平凡的生活。」

她緊緊的捏著那件只縫了一半的、天藍色敞領的小絨衫，怔怔的望著窗外陣陣的歸鴉！

就那樣呆立了好久，她才轉過身去，將那小衣衫重新放回櫥中，將它鎖了起來，連同她的夢與愛……。

冬天的太陽

這學期開學後，女生宿舍因為太擠，蘧君住的這間單人教職員宿舍裡，便不得不又容納了一位史學系四年級的女生陳小青。她是一個工讀生，有時幫著圖書館員抄抄卡片，有時幫著本系的主任改改本子，以維持自己的生活。她是一個活潑愛嬌的小女孩，淡棕色的面孔上，點綴著會說話的眉眼，如果把她的面孔比作一幅畫，那也是很生動的一幅畫。她好像衷心的喜歡著這位比自己差不多大十歲的姐姐蘧君，她常是把一張畫片或幾顆糖果塞在蘧君的手裡，有時還強迫著她和自己來讀一份歌譜：

「哪，來，蘧姐，和我一塊來試唱一下這支歌好不？同學們都說很

好聽呢。」說著她的整個身軀就靠攏了來，頭髮上散發著一股淡淡的香味。但每逢這樣的時光，蕥君總是無精打采的躲開了她：

「別鬧了，我是不會唱歌的。」

蕥君不是不喜歡這個活潑的小青，只是每當這女孩子出現在她的面前時，她的內心便有一種不舒服的感覺，小青那絢爛的青春光彩，與她的灰暗心情形成一極強烈的對比，極苛酷的諷刺，但這是否是自己不願和小青接近的唯一理由，抑是另外還有別的原因，她自己也弄不太清楚。

那活潑愉快的小青一看到蕥君那張蒼白、憂鬱、無表情的冷面孔，便會嘟起嘴來，難過得似乎要哭出聲來了：

「哪，蕥姐，你不喜歡我！」

這時蕥君才像驀的自一個夢中驚醒，歉然的說：

「噢，我是很喜歡你的，你這麼可愛，誰能不喜歡你呢？」

「那你為什麼不喜歡和我說話呢？」

「也許是由於我們的年紀不一樣，心情也不大一樣的緣故吧。也許等我心情好一點的時候，就可以和你一塊唱一塊跳了。」

「那你為什麼心情不好呢？我能夠想出辦法來嗎？」

聽了這樣天真的問語，蕤君也忍了不住笑了起來：

「這個連我自己也說不明白，人真是一種奇怪的動物，平常心裡總好像有一種空虛之感，等到心理上所期待的得到了，卻又另生出一種別樣的痛苦來，總之，人常是愛和自己鬧彆扭的，你問我什麼時候心情可以變好，我自己也答不上來。」

小青似懂非懂的望望她，跳躍著走了，又把蕤君獨自留在這狹隘的斗室中。

昨天吹了一天的狂風，整個屋子似已變成了小型的沙漠，手指觸上去，便會在那細細的一屋塵土上顯出一條跡印來。

「唉，真個被這塵土封起來了。」蕤君嘆息了一聲，扔下了她手中那本房龍著的《人類的故事》：

「這麼多的灰塵，乾脆再發生一次像《聖經》上記的那種的大水災，來洗刷一番，也使人在精神上痛快痛快！」她心裡這麼想著，看看時鐘已指在七點二十五分上，便披起晨衣去洗臉，水龍頭裡流出來的水是那麼的涼，手伸進去，不禁打了個寒噤，今天好像諸事不宜，什麼都不大如意！

她匆匆的擦了一把臉，坐在桌邊，面對著那個圓鏡，她覺著這面鏡子也不像前幾年那般光彩晶瑩了，照出來的那張臉，總像蒙著一層霧，而那層霧下面，又是一些斑斑點點，這張面孔，好像總也洗不乾淨似的，不是洗不乾淨，也許是因這張面孔上根本就沒有一片「乾淨土」了，年紀真是個殘酷的東西，她轉眼望望日曆，又想起那即將來臨的自己二十九歲的整生日。二十九歲！生命中彩虹般的一段在不知不覺間已經隱去了，只留下了一片向晚的黯淡天空。「生命已由絢爛化為平淡！」她憶起了什麼書上的一段話；「但自己的生命根本就不曾絢爛過！」她的唇邊浮現出一股自嘲的微笑，梳了梳頭髮，喝了一杯白開水，又像吃藥似的勉強吞下一塊昨天買來的三明治，披起了那件淺咖啡色的短外套到學校去上班。

太陽已經出來了，在這峭冷的初冬，照在人的身上煖烘烘的，她不知不覺的把腳步放慢了，且享受一下太陽溫暖的撫摸吧。在學校入門處通向校園的林蔭路上，正有一些年輕的男女學生在散步，也有一些坐在陽光下的變黃的草坪上讀書，他們那輕快的談笑，矯健的體態，充分的象徵出春天與活力，她悵悵的注視著這青春的行列，內心有種異樣的感覺，有些學生看到她，向她打招呼，有些女孩子則轉過臉去和同伴低語，她聽不清楚她們談話的內容，只從他們的神色看出是在批評自己衣裝的樣式，她的面孔有幾分紅脹了，趕快將腳步加快。

走到史學系辦公室的門前，時間還早呢，距上課還有十幾分鐘，她感到一點輕鬆，樂得在院中的冬陽下再流連一會兒。老實講，她真有點怕走進這辦公室的門口，她已經在系裡做了四年半的助教了，總也未得到升遷的機會，每天幫著系主任整理著一些圖表，拓片，一些從古墓裡，泥土裡挖掘出來的東西，一些讀得失去了味道的講義，她自己有時真後悔當初挑選了這一門子歷史，原以為可以增進自己的知識和智慧，可是天知道她到底增加了一些什麼，只是越來越覺得迷茫糊塗了。在這一學系裡所接觸到的東西，都像是浮著一層時間的積塵，越讀，精神就越向後轉，一天價「撫今思昔」，使自己的心靈陷於極大的困境。自己的心情一直不好，是不是受了「歷史哲學」的影響了呢？過去，在這系裡做助教，還稍稍感覺到點興趣，那個白頭髮的系主任林如松先生，綽號「林和靖」的，還有點高士的風度，什麼都不計較，白髮紅面頰，像個聖誕老人似的臉上堆著白鬍子，也堆著笑容，自己的工作做好了他笑笑以表示嘉納，做壞了他笑笑以表責備，真像位慈父一般，在他的面前她感到溫暖，這是在薪水以外附加的東西，就是憑了這一份精神上的「加給」，使得她在這助教的名位安心的呆了四年多。但是最近那位原來的老主任出國了，又來了一位年輕的主任方士嘉，這位便不同了，精明能幹，卻是嚴峻凌厲得使人不可嚮邇。他的身材矮短瘦削，像是一株枯樹，那付面孔也真夠奇怪的了，腦門子就佔去了面部的二分之一，雖然四十多歲，卻滿額的條紋，像是才由一位木刻家刻劃出來的，還有那雙怪眼，黑得奇怪，深邃而神祕像魚肝油球似的那麼閃亮，等到一看人的時候，就像探照燈一般，發出了一股怪異的光輝來，也許那是天才的火花吧，但只那麼一閃，就會使人心慌意亂，好像什麼事情都做不對了，但是越慌越出錯，而那兩道探照燈的光芒就像是更強烈了。幸而他的聲音卻像是深山古寺的鐘聲般沉著，對人的心靈，有著「鎮定」的作用。

「密斯艾，你這張圖表拿錯了，我要的是那張沖積期化石！」

接著，他的吩咐也許就一連串的來了：

「喂，請把這份講義加印一百份，給三年級的同學們用！」

「喂，請把我這份在年會上的講稿謄清一下……」

「喂，把這一班的期中考試卷子改改，劃上分數！」

整個的上班時間，被他支使得眼暈，她真想不幹這份苦差事了，但是，辭了職後，自己孤身一人又到哪裡去呢？這也是一個難題。……她看了看腕錶，距辦公的時間只有五分鐘了，就走進去吧，今天到得可真早，不會像昨天似的到晚了，那個木刻似的面孔又會向她發出了譏諷的微笑。

她真不願去推那扇門，她真怕再像那天似的，一推門看見小青像火苗似的躥了出來，這孩子活潑得有點過份了，勤快得也有點過份了。一天沒事就跑到這辦公室向系主任問這問那，代他做這做那，她唇邊那朗朗的笑聲就沒有間斷過，這世界上什麼事值得她那麼快活呢，真無聊！有時候小青也真會獻殷勤，爬上高高的木梯到書架的最高層幫系主任去取講義，又迅速的跳了下來，就像一隻貓兒，她有時真被小青攪得不耐煩了，便笑著說：

「小青，你這麼跳跳蹦蹦的，不怕折斷了你的腿骨！真像一隻野貓兒！」

「什麼貓兒鼠兒的，我才不怕呢，我高興怎麼跳就怎麼跳！」不知她在哪兒學來的這樣淘氣，不過她那種神情可真美，面頰紅撲撲的，長髮梢的鬈兒像成熟的麥穗似的搖著，這時候連那位輕易不大開口笑的系主任，也不免展現出一絲笑紋來，這是她平時很少看得到的，此刻她心上浮現出那笑容來，感到一點莫名其妙的悲抑之感：「沒意思，下半年就辭職吧，」這麼想著，她就動手去推動辦公室那沉重的玻璃門。

真糟，辦公室裡氤氳著一股雪茄氣味，在那繚繞著的一圈圈煙紋裡，閃現著那廣闊的前額與那雙怪眼，那對眼珠今天更亮得特別，像玻璃珠上沾了水似的，他正在捧著一本書在讀，聽到薤君的腳步聲抬起頭來：

「啊，密斯艾，早！如果不太麻煩你，請把那份史學史的講義自第五頁到第七頁繙譯一下，這一段是比較難懂的，繙譯一下，會有助於學生們的了解。」

艾君點了點頭，拿下了頭上的紗巾，扔下了手袋，開始坐在桌前翻尋那疊講義來繙譯。她心裡有點委屈，這位系主任做事總是這麼一板一眼的，大清早起見了面，沒有一點客套同寒暄，張口是他的講義，閉口是他的圖表，大概把人也看作講義掛圖的同類了，不然怎麼會這樣冷冰冰的。

「密斯艾，你對這工作感覺興趣嗎？」系主任也許理會出自己的方才的命令太公事化了，趕快又說了這一句來彌補，但是又顯得多麼笨拙而生硬啊！

「興趣嗎，也許可以說有一點，自己當初既讀了這一系，又有什麼辦法呢。」蕤君懶洋洋的回答著，她心裡想對付這種冷峻的人，講話也不必過於修辭。

「昨天大禮堂裡舉行的晚會，你去參加了沒有？」今天系主任的興致好像不錯，他的話竟然多起來了。

「沒有，我不願意去，我覺得沒有意思。」她搓搓手，又繼續繙譯那些艱澀的句子。

「你覺得那樣的場合沒有意思嗎？」他的眼睛凝望著書架，心不在焉的漫應著。鐘聲響了，他拿了講義夾去上課。辦公室裡靜靜的，除了蕤君自己外，只有一個老校工拿了抹布在拂拭書架上的積塵。這屋子的窗外是一些枝葉茂密的樹木，把光線都擋住了，因為經年沒有充足陽光的緣故，這屋子到處發出一種霉溼氣味，蕤君在那裡匆匆的趕譯著那些艱澀的句子，心裡感到極大的苦惱：

「一年忙到頭，像個機器人似的，到底為了什麼呢？」她想著想著，握著筆桿的手指不覺鬆了開來，窗外，飄過一朵小小的雲彩，這片有神奇魔力的小雲片，似乎把整個的她帶走了，遠遠的，遠遠的……，唉，隨便把自己攜帶到什麼地方吧，她真不願整天坐在這桌邊，做這些沒有味道的工作，只和一些發霉發爛的歷史舊書打交道了。

門被輕輕的推開了，系主任走了進來，原來已經打過下課鐘了，那個老校工也不知什麼時候走了，只在她的面前擺了一杯開水。聽到門響，她方自適才那幻境中跌落到地上，她為了自己方才的恍惚失神而微感歉意，趕快重新低下頭去尋到適才繙譯的最後一個字 Fin-de-siècle，她匆匆在紙上寫了「世紀末」，三個字，呵，這三個字，好像眨動著眼睛向她說：「世紀末，世紀末的小人物……」她不敢再盯著看這幾個字了，趕快再繼續譯寫了下去。

系主任在面盆裡洗去他手上的粉筆屑，然後，靜靜的坐在她對面的書桌前，燃起了他那支雪茄，攤開了一本厚厚的大書。

開學幾個月了，蕤君和他還從未這麼單獨的對面而坐過，她真感到有點窘迫，她突然感到窗外枝葉上閃爍著一片刺目的陽光，鳥鳴也變得那般嘈雜了，而對面的系主任，也時時自書頁上抬起頭來，兩道探照燈般的目光，不時的落在她繙譯的字句上，使她不由得內心惶亂，一不小心，竟將桌上的鉛筆盒打翻了，鉛筆、水筆、小尺子，散亂的落了一地。也許是為了表示他那為婦女服務的「西洋紳士」作風吧，系主任居然也彎下了身子替她撿拾那些筆和尺子了……，無意中她的手指觸到了他的指尖，是那樣粗糙，冰涼的……，但像有一股電流通過她的全身，她感到一陣痙攣，索性站了起來，任他一人為自己去撿拾……。

總算勉強繙譯完了那些篇講義，看看已將中午，她披起了那件短外衣，匆匆的說聲再見，便溜出了那間辦公室，那間使她窒息的屋子，她回到宿舍，心裡一直像按了彈簧似的抖動著，她走到桌邊，又對那面鏡子望去，天，這已不是清晨那一張枯黃的臉了；頰上不知什麼時候已浮了兩朵紅雲，使她的臉恢復了十年前的顏色，她凝望著凝望著，竟然出神了，但突然她感到一陣羞赧，將鏡子翻轉了過去：

「別幻想了！這是不應該的！」說著她一頭扎在床上，兩隻手蒙過了臉。

這濱海的小城氣候是多變化的，幾片陰雲遮住了陽光，又落起濛濛的細雨來了，聽到簌簌的雨響，她抬起頭來，看看在窗外繩索上飛舞著的那一件薄綢衣，已被雨滴快浸透了，她自己也不禁流起淚來，但那並不是感傷的淚，好端端的為什麼要哭呢，本來她已有許多年沒有流淚了，今天卻被窗外的雨引出了自己的淚泉，她自己覺著很奇怪，她懷疑是這空冷的屋子使自己的心中有異樣的感受，她轉身去扭開了收音機，自那裡面，傳來了患傷風的女播音員的誘人鼻音：

「這兩天氣候很不正常，上班去時要穿多一點，要穿得溫暖一點……。」

她聽得怔住了，多穿一點，多穿一點又有什麼用呢？需要溫暖需要火的是心靈啊！

晚上九點多鐘，那個小青才回來，還未進屋子就怪聲怪氣的喊著！

「蕤姐，快出來看喲！」

她擁著被子勉強答了她一聲：

「是什麼了不起的事，值得這麼大驚小怪的！」

小青見她不出來，便自己一躍入室，她的懷裡正抱著一頭尖嘴黃白雜色的狐犬：

「蕤姐，是王教授的太太借給我玩的，你喜歡嗎？」小狗在地上嗥叫著，小青也大聲的嚷著，頓時，這屋子喧嘩成一片。

「得了，小青，都九點多了，你別吵好不好；人家還以為我們的宿舍開了雜耍場呢。」蕤君實在抑制不住她心頭的厭煩了。

但小青仍是那麼興致勃勃的喧嚷著，一邊吻著那狗頸際的緞帶：

「蕤姐，我預備明年出國，系主任答應替我想辦法，這位新來的系主任真好，是不是？」

小青又提起了那個「系主任」，登時，那探照燈般輝亮的目光，又在蕤君的眼前閃爍了起來，她的心不禁又感到一陣劇烈的悸動！

「也許他是一個熱心腸的人吧，不過他對人總好像很嚴厲似的，我從來不喜歡，也可以說不敢去和他多講話的，每天只是任憑他的差遣，忽而寫這，忽而寫那，他的事也真多，一天八小時，上班的時間裡，不給你留一點空閑。有時候，下班的時候，他還給你一份工作帶回來做，他就好像怕那份助教的薪水白糟蹋了似的，虧得還不是他私人掏腰包聘請的助教，如果是他自己聘用的呀，那真更要把人折騰苦了。」蕤君越說越覺憤慨，而眼前那兩道探照燈般的目光，也更為輝亮了。……她末了也覺得自己今天的牢騷太多了，她也不知何以自己變得如此興奮……，她望著站在一旁神情詫異的小青，微微的笑了一下，不再說下去了。

癡立在一旁的小青，不曾料想到引起她這麼一番話，她又難過又失望的低下頭去，不知所措的撫弄著懷中的小狐犬，結結巴巴的說出了幾個字：

「我只覺得他是好人，也許你慢慢的就知道了。」

蕸君打量著小青，覺得今天她那圓圓的眼睛裡似乎燃燒著神祕的光輝，她抿了抿嘴唇打趣的說：

「小青，也許你說得對，他是個好人，你是不是喜歡他呢。」

「嗯，我覺得他熱心，很愛幫人忙。」天真的小青，並沒有聽出她是在打趣她。

但蕸君的心中卻感到一股酸澀的滋味，她覺得眼前小青那平日看來很可愛的一張臉，忽然顯得那麼庸俗可厭了，那兩隻眼睛很大也很清澈，只是尋不出一絲智慧的光芒來。

「這樣的女孩子，普天之下多的是，恐怕那方主任不會喜歡她的吧。她所憑藉的，只是年輕活潑罷了，到處都可以碰到和她一模一樣的女孩，又有什麼值得稀罕的呢。」這麼一想，心中適才對小青那股嫉恨之意，好像沖淡了一些了，小青卻毫不曾理會她內心的那些變化，只坐在床邊，哼著一支小夜曲，動手去拆開她那絡美麗的馬尾型的長髮，那閃著珍珠光輝的玲瓏金屬髮夾，在她的手上閃爍著，蘵君情不自禁自小青手中拿了過來仔細端詳著，她覺得這只髮夾真好看，只是，像自己這樣的年齡，已不適合用這種飾品了，她扳弄了許久，又悵悵的放在小青的面前，小青一邊梳著那些鬆散的長長黑髮，仍在那裡若無其事的笑著，談著：

「系主任……，系主任……，」

她實在抑制不住她那股反感了：

「小青，總提這一個人，你不煩膩嗎？」

小青卻頑皮的吐了吐舌頭，仍未曾理會她話中的深意：

「我求他幫我到美國的州立大學找獎學金，想不到他竟那麼慷慨的一口答應了，他說今天下午就給他在美國的朋友寫信去，若是別人哪，才沒有這麼痛快呢，他們不是說獎學金不容易得，就是說什麼申請的人太多，但是這位系主任就不同啦，他說他看了我月考的卷子，覺得我還可以做學問，所以就一口答應下來，你見過這樣的熱心腸的人嗎？蘵姐？」

「也許你可以做學問，只是，不要這麼浮躁就好了。」話到了唇邊，蘵君並沒有說出來，她換上了睡衣，倒在床上，只覺得筋骨痠痛，頭部也感到沉重熾熱，躺在枕上，反來覆去，無法入睡，一個影子一直在她的心中浮動……。

「大概是因為方才小青在談話中提到他太多了……。」她這樣勉強自己解釋著，她又撚亮了燈，喝了一杯冷茶下去，又拿起了床頭那本《人類的故事》，但是看不進去，書頁上的字跡只是一片模糊，她只有將床頭那檯燈熄了，窗外一片凌亂的燈影，將那些婆娑搖曳的竹樹輪廓清清楚楚的描在玻璃上，這情景在她此刻看來分外淒涼，她的頭更覺疼痛得像要開裂了，而肩膊也痠痛得更厲害了，對面的床上，傳來了小青平勻鼾聲，她想小青真比自己幸福多了。她因為發燒得太難過，幾次想喊醒小青，但她想不應該擾她，只有忍耐著等待天明……。

不知過了多少時候，她醒了過來，發現自己躺在一個陌生的房間裡，空氣裡充滿了克羅芳和藥水的氣味，幾個白衣護士的影子匆匆來去著，她才意識到自己是在醫院中，但是怎樣來到這裡的她卻記不起來了。她疲乏的閉上眼睛。

「密斯艾，好一點了嗎？」一個熟悉的聲音在她的耳邊響動，她睜開了眼睛，她頓感到自己的面孔在發熱：這會是真的嗎，他會來看自己嗎？

「啊……，方主任，您來了，不敢當！」她抬抬頭預備坐了起來。

「呵！你不要動吧，你這場病很不輕呢。我聽見小青說才知道你病了，是不是學校裡的工作太累了，我應該來看你的，這是我應盡的責任和義務……。」

「又是陳小青，又是責任義務，……你有什麼責任和義務呢，我不過是系裡的一個小助教罷了，並且還是前任的林先生聘來的……。」她的內心又似受到了一擊，有一點輕微的痛楚……。

「你好好的靜養吧，系裡的事有陳小青幫我的忙。」他說著退出了病房，隔著那一扇門蕤君聽到他和值班的護士在講話：

「密斯艾的病怎麼樣，不太要緊吧，護士小姐，請你多費點心，艾小姐在這裡只是一個人，舉目無親，請你多照拂她一點兒……，謝謝你。」這些話隔了那層薄薄的木門，清晰的傳到蕤君的耳邊，兩顆清淚自她的眼角滲了出來，這個人是熱心，體貼，溫存的，並不像自己所想的那麼冷峻，這末看來，自己平時是誤會了他了。但他臨出去時的那句話，又在她的耳邊迴旋了：

「你好好的養病吧，系裡的事有陳小青幫我的忙……。」啊，他又提到陳小青，並且那口氣充滿了信賴……。也許他是喜歡陳小青的呢，那麼自己不要再去存什麼幻想了，他來看自己只是一種義務，一個系主任對系中職員的一種禮貌上的探望，這沒有什麼值得興奮同喜悅的，自此以後，也要盡量控制自己那份感情……。

一場病後，像是自己的身心經過了一番洗滌，一次燃燒，當她痊癒後走過那冬陽下軟軟的溼泥地時，她自己喜慰的想：「過去種種，譬如昨日死……。」她決計不再自己折磨自己，用幻想與幻象來欺騙自己。

當她回到歷史學系辦公室去工作時，她已不像往昔那樣，她也不再為了那雙探照燈一般的清炯炯的眸子而驚悸迷亂，想起她在病中時，這位系主任對她說的「責任」與「義務」的字樣，她那燃燒著的熱情，似乎立即凝凍了。

一天她又坐在桌邊幫著理講義，想起自己病前那種可笑的幻思與妄念，不禁嘆了一口氣，這時候，她發現那雙怪眼又在凝視著她，她不禁笑了起來，心中暗暗的想：

「我從前曾駭怕過這一雙眼睛，如今我在心理上已有所準備了，我再也不會怕了。」

「密斯艾，今天有什麼高興的事嗎，這麼高興？」那雙探照燈的主人在詰問她了，那聲音，仍似在病床前聽到的，是一種低抑的重濁的聲音，卻帶著男性的魅力。

「沒有什麼，我只是偶而想起了一件可笑的事。」

那位系主任又默不作聲了，只一口口的吸著雪茄。

那過於濃郁的煙味使她有點暈眩，她打開了辦公室的門，臉轉望著門外那株零落的扶桑花，在寒風裡，那嫣紅的顏色有一點淒慘的意味，一雙小鳥飛掠過去，花片紛紛的落了一地。

背後，又傳來了那低沉的鐘音：

「密斯艾，你在看什麼呢？你有點疲倦嗎？」

「啊，我在看那些落了的花！」說完後，她的臉不覺紅脹了，她想如果聽者是一個敏感的人，會把她這句話加以種種不同的曲解的，如果被眼前這個只講義務責任的人加以曲解，那更犯不上了，自己也不願給他和陳小青留下談笑的資料，想著她遂趕快的加上一句：

「我很愛看風景！」

「你真有點像個詩人呢。」他笑著，笑得居然像是很開心，她瞄了他一眼，她想從他的面部表情中發現諷刺的意味但是並沒有，也許他這句話是隨便說說的，她覺得那雙怪眼中的光芒好像收斂了一些，轉而浮泛著一點同情的意味，這是她所不解的。

「詩人嗎？不敢當，我連平仄還分不清楚呢。」她想對這位一向很冷峻的人講話，只有用這一種口氣。

「真正的詩人，不一定要用筆寫詩的，我說的是那種氣質，那種不滯於物的淡泊情懷，密斯艾，我不問你作詩不作詩，反正你很像個詩人就是了。」他稍停片刻，望了望她，又接著說了下去：「我覺著你和一般小姐不大相同，你好像很少和人來往，但那並不是由於你不喜歡人，而是你更喜歡孤獨，這也許是不太健康的一種心理傾向，慢慢的你會由於太愛孤獨而變得孤僻，由孤僻而變為乖僻，一個乖僻的小姐，大概不是你願意做的吧？」

蕤君聽到他最後的兩句，好像神經被針刺了一般，她從來不大有勇氣檢查自己的缺點，想不到自己的毛病卻不曾逃過了那雙犀利的眼睛，原來那探照燈般的目光，是能深入人的靈魂的，這真是一件可怕的事，但是他並沒有說錯，自己也無法加以否認，但她一向是倔強慣了，她從不喜歡別人清楚的看透了自己，她一時怔住了，想不出適當的語句來，只有以更鋒利的言語去反攻了：

「您說的不見得對吧，我知道一些人都是喜歡以己度人的，連一些有學問的人也不例外。」

「哈，密斯艾，我原來只知道你人很聰明，書讀得不錯，前任的林如松主任，已向我誇獎過你很多次了，今天我才知道，你的口才不弱呀，我今天的話也許是說得太多了，但我是出於好意的，也許你可以仔細想一想吧，可能我說錯了，你自己會答覆你自己的。」

薤君幾乎抬不起頭來，她再也未想到一向只發號施令很少說到書本講義以外的話的系主任，今天居然向她說了這麼多的話，卻都說得很對，使她無法反駁，她要思索的，只是他說這一番話的動機，也許他是純粹出於善意，這以外，什麼都沒有了。但是聽吧，那低沉的聲音，又繼續的發出來了：

「也許這些話是我不應該說的，但我著實替你擔心，像你這樣的性格，像你這樣的生活方式，再下去，在精神上你真是瀕於危境了，我不知道你自己已感到這一點沒有，我不相信你不苦惱。你真不該再去鑽牛角尖了，你應該使生活範圍擴大一些，勇敢的咬破你用孤獨和憂鬱織成的繭子……，除了學問而外，你更應該再接納點別的東西……。」

她覺得自己的眼睛在發熱發潮，站在她的對面的，已不是那個冷峻的主任先生，而卻像一個長兄，一位良朋，在向自己剴切進言。她揉弄著那方尼龍質的手帕，慢慢的向他發出回應：

「謝謝您，方主任，我覺得你的話很對，但是，我的心性，我的生活方式，好像已經固定了，改變起來恐怕已不大容易了，所以我也不大想冒然的來改變了。你說的正是，我從不正眼看現實一下，我忽視現實的一切，我生活，完全是憑觀念和幻想支配著，悠悠忽忽的，正像一個影子，一片雲彩，你又能希望一個影子做些什麼呢。」她說完了，自己也感到驚訝，怎麼向這個不太熟識的人，把多少年歲放在自己心中的話一下子都說出來了。

他並不看她，只很有興趣似的聽她說，等她說完，他淡淡的笑了一下：

「是的，我早已看出來了，你這人非常的不現實，這是我方才說你像詩人的緣故。你正因不去注意現實，所以在現實生活裡就會吃到很多的苦了。像你這樣的人，也許只應生活在十八世紀法國的宮廷裡，但是不幸，造物卻把你安排在我們這多難的古國。」他說著，停頓了一下，又燃著了一支煙：「請你原諒我這樣說，我並沒有一點譏諷的意思，我勸你從今天起，改變一下生活的態度，在這個苦難的時代，我們過著這樣的生活，能夠唸自己愛唸的，寫自己要寫的，還不夠幸運的嗎，你應該振作一點，堅強的接受現實的課題，好好的做點什麼，給同時代的以及後來的人一點東西，一點用你全部的生命完成的東西，抱著這樣一個觀念活下去，你也許就會快樂一點了。我今天的話說得太直率了，密斯艾，不知道你會原諒我嗎？」

那兩道熠熠的目光，在談話的時候，一直在照射著蕤君的面孔，使她有幾分忐忑，她覺得自己像是一隻飄搖在水上的小木筏，卻被這兩道光線搜索到了，她的內心深深的驚懼，但又莫名其妙的有著被俘擄的願望，這在她自己也是無法解釋的。她希望他再繼續說下去，但是，他的話停頓住了，她大著膽子抬眼望了他一下，她渴望著在他的臉上談到他的言語所未透露出來的消息，但她只發現那張臉上木刻般的紋縷加多了加深了。

她回到宿舍，心旌搖搖，那個矮小瘦削的身影，那兩道如炬的目光，一直在她的面前閃動，她想起一本小說中的句子：

「她的心中充滿了他。」當初她讀到時還暗地裡笑這位作者不通，如今她真的明白過來那是一個妙句。她警告著自己：

「他和你之間，沒有一點是相同的，你為什麼要做盲目的探險呢，這是可笑的，可悲的，也是可恥的，除去善意以外，他並不曾表示出什麼別樣的感情，為什麼要苦苦的去受這個影子的困擾？還是拋掉了這個影子吧。」

但一日日的過去，在情感中她陷溺得似乎更深了，有時費盡了心力控制自己不去想到那個人，她偶有餘暇，便去逛街、旅行、訪友、她希望藉一些外來的事物來沖淡他的影子，但每天她總是要去辦公室的，當她耳邊一聽到那低沉的，富於魅力的荒山鐘音的語聲，當她一看到那兩顆閃發著神祕光芒的眼睛，她辛苦裝備起來的心靈，便全部解甲，她完全失去了自我控制的能力，每逢這樣的辰光，她總要悻悻的咬住了下唇，望著那個可怕的影子，默默的想著：

「我恨你，我真恨你，你使我的平靜完全失去了。」

一天下班回來，她捫著額頭自己苦思著這一個問題，桌上的鏡子裡閃出她憔悴的影子，多少日來，為這段不幸的戀情所苦，她已經又清瘦了不少，本來長長的臉兒，下頦更顯得尖削了，兩隻眼睛，也失去了昔日的神采，她嘆了一口氣：

「何苦來，真是何苦來，再這樣下去，自己也要折磨死了，我得想辦法自救，我不能被這一個影子永遠俘虜！」說著，她匆匆的拉開了抽屜，拿出了紙筆，寫了一封簡短的信，向系主任請長假，她的理由是「病後體弱，不能任繁劇」，寫完了她感到些微的輕鬆，打了一個欠伸，自言自語的說：

「你叫我咬破了那個憂鬱的繭子，但在你的面前，我又會將自己織進一個更厚實的繭子裡去了。」

中午，等陳小青回來，她將那封信交給了她，託她趕快交給方主任，但並沒告訴小青信的內容。

當天下午，她並未再去上班，她想等到辭職的事被批准以後，她就搬到一家女子公寓去住，生活呢，靠教家館也可以維持的。但儘管這麼想，她內心總覺得有無限的感傷，她一向不承認自己是個感情用事，喜歡衝動的人，但現在完全證明，她不但感情用事，並且做事純憑直覺，不用理智，自己好好的動什麼癡情，而何苦又為了這份癡情的無法斬斷而辭去了職務？「辭職的事，是我早就有這念頭的。」她勉強自己寬慰著，一邊信筆在紙上亂畫，紙上卻出現了這樣的句子：「滿腔幽恨付逝水，心事唯有落花知。」她不覺伏在紙上哽咽起來。

「既然要走了，又留戀些什麼呢？」她呆望著屋角的塵灰，一反平日的習慣，她一支支的狂吸著香煙，不到半天時光，那只煙灰缸裡，已滿是凌亂的煙蒂頭了。她打開窗子，讓晚風吹散那窒人的煙氣，這時候，天邊已有幾點星光閃現了。

忽然門上有輕悄的剝啄聲，她不知道是誰，趕快梳理了一下蓬亂的頭髮，站起來去開門，門外，朦朧的暮色裡站著一個熟悉的身影，那兩道如炬的目光，閃閃的向她射來，是方主任！她再也不曾料想到他會來的，她覺著自己的聲音在顫抖：

「請進來吧，主任，有什麼事麼？」

「沒有什麼事，我方才去看近處的一個朋友，順便來看看你。」方主任摘去了頭上的藍呢帽，露出那廣闊的前額，他望了她一眼：「你的信我收到了，為了什麼不想做下去了呢，密斯艾，至少你要再幫我一年，等我那部近代史寫完……。換一個生手，處處需人指點，我可就沒有那麼多清閑來從容寫作了，你可以再幫我一下嗎？」

「……有陳小青小姐會幫你的……。」她不加思索的吐出了這句話，說完，她自己也感到太莽撞，不得體，但既說出來，便無法再改正了，何況她現在已失去了改正這字句的興趣。

「……」他只失望的搖搖頭，彷彿內心有很大的苦悶，他轉眼望見她煙灰缸中那麼多的煙蒂，若不在意的問了她一聲：

「密斯艾，你平日是不吸煙的，是嗎？」

「嗯，方才，有個朋友來了。」她惶急的扯了這一句謊，她不願他由這些煙蒂中聯想到她苦悶的心緒。

「那麼，你這位朋友真可以說是一位癮君子了。」他高聲的笑著，半晌又說：「我只是來看看你，問問你能否打消辭意，請你考慮一下好嗎，我的辦公室裡需要……。」他說著拿起了帽子，走到門邊，匆匆的和她道過晚安便走了。

蕤君像自一個夢中醒來，此刻她猶為夢中的情景而怔忡不已。

她掠掠頭髮，不，這分明不是一個夢，而是真實的，他確曾來過了，那椅墊上猶留著他坐過的痕跡，他確曾來過了，並說過一句那麼激動人的話：「我的辦公室裡需要……」，你的辦公室需要什麼？需要一雙手，一雙能幫你工作的手，而自己呢，……她怔怔的自問著，她感到自己像一朵飛絮般的綿軟，無力……，她深感到自己需要扶持，需要倚傍，需要力量，需要一雙有力的手臂……。

她不禁仆倒在那張椅子前面，撫摸著它的扶手，而喃喃的自語：

「我愛你，我悄悄的愛著你已經很久了，但我起初自己一點也不明白，直到後來我才明白過來，而已身陷其中，無法自拔，我這次辭職，是為了自救，我要從你的面前逃走，永遠不再回來！這些，你好像一點也不知道，你這個學者，你這個呆子！也許你在愛著另外的一個人吧，不然你怎麼對我忽而溫和，忽而冷淡，你是不是故意這樣的呢？我恨你，我恨我自己，我為什麼要愛上了你呢？我再也不願意受這份情感的折磨了，我要走了，我餓死也不願再做你的助教了，再見吧！」

忽然，她覺得自己是被擁抱在兩條手臂裡了，耳邊一陣溫柔而低沉的語聲，伴著溫熱的氣息說：

「說吧，罵吧，說得好，罵得也對。」

她睜開眼睛，啊，那兩隻炯炯的眼睛，正像兩個小太陽似的照射著她，是方主任，他怎麼又回來了？

「方才，我看到你那蒼白的面色，抑鬱的神情，我真有點不放心，我怕你又是病了，走到巷口，我便又回來，在屋外，我聽到了你的低語，對不起，這不是君子的行為，但那些話是我無意聽到的，現在，你不要再不承認了吧，在我向你坦白的自供以前，我要對你講，我是因為捉摸不定你的對我的感情，我才不敢表白，現在我承認了，蕤君，我是很早就愛著你了，我要你把心胸擴大，是基於善意的勸導，但在那片善意的背後，你知道，我是潛意識的叫你打開了心門，好容一個影子進去……。」說著他自袋中拿出了一個揉皺了的紙團：「撕了吧，小傻子！」

蕤君以顫抖的手去拿那團紙，她覺得自己像是一條小船載滿了太多的幸福，而有沉落的危險了，她感到如此的眩暈：

「那……那是什麼？」

他那低抑的聲音是如此的充滿了溫情摯愛：

「還有什麼，你的辭呈！以後，恐怕你永遠無法向我辭職了，因為我已不止要你在我的辦公室工作，而要把你鎖在我的心裡……。」

她才要說什麼，但她的唇已被他那火熱的唇封住了……。

當小青在晚上回到宿舍裡來時，她發現地上是那淡藍色的信封，已被撕成碎片，她不解的問著蕤君：

「這不是我今天中午給你送去的信嗎？」

蕤君並不答覆她的問話，只緊緊的握住她的手：

「小青，原諒我，我過去有一陣子誤會了你……。」

「誤會我什麼？你以為我不用功嗎，我最近已好一點了，每晚我都是呆在圖書館裡的……。我一定不讓你失望的，蕤姐。」

蕤君微笑著望著小青，她覺得這女孩子今夕格外可愛，天真得可愛，同時，她的身心，感到無限的溫煦，她知道這雖然是在冬天，但是太陽在照射著自己——那愛情的太陽。

白夜

——在篇章中，我企圖把捉的，是那如游絲般縹緲的情緒。

有月亮的白色秋夜。

月光海潮似的，無聲的延展著，大地宛如巴黎新頹廢派詩人的著作，有著閃發著燐光的封面。

他迎著月光，坐在窗前，口邊的雪茄，輕柔的織著煙紋，為他的頭像，渲染出一派神祕的氣氛。

「呵，夢，生命，青春，不再來，永不再來！」他在月光與燈影中，展開了回憶的卷帙，吟味著那寫滿了理想、情感和欲念的篇頁，他的唇邊不禁發出了一絲苦笑：

「我是幸福的麼？」他捫著前額，轉眼去望對面那個伴侶。那瑩潔而年輕的圓面孔，就彷彿是月亮的映影，又彷彿是一只瓷盤，為一個藝術家細心的描繪過。在夜色輕紗的籠罩下，顯得那麼清媚而帶有幾分神祕。在那面孔上，有著兩個小小的發光體，正放射著極其燦爛的青春光輝，似乎向他做無言的挑戰，他有幾分畏葸了，只有意無意的說著：

「多美妙的夜晚！」

「是的，太美妙了。」對面的她，像是神思不屬的應答著。但那隻拿著織針的手，忽然放慢了，她一聲不響，靜靜的轉過頭去看月亮，月亮正流照著她。他們同時像是都聽到那銀色小夜曲旋律的悠揚，是怎樣的優美，又是怎樣的淒厲呵！

他吐了一口煙，望著地面上光與影交織的圖案，月光縱屬如此澄明，但他感覺到自己的靈魂深處，夜色正撒下它黑色的大網……他不敢再向那網下面望下去，只有意自慰的低語著：

「你還在想什麼，你還不夠幸福的麼？」

「你是幸福的；但也可說你是不幸的；你在欺騙著自己，你不敢把生活的面罩拿下來，一窺它的究竟。」幾種不同的聲音，都似乎自月光中發了出來，同時在搶著回答他，這使他出乎意料之外，感到些微的驚悸，……那些聲音，好像又變成了三條黑色的蛇，糾結著他發疼的神經……。

「鎮靜，鎮靜，這不過都是些幻象。」他看到那些黑色的蛇又都消失了，消失在月光形成的一池碧水裡。這時，自窗口又移來那麼一片更為清明的月影，正在撫摸著那張面孔的鼻子，像是一個雕塑家的手，充滿了溫情與愛意的，撫摸著他才完工的塑像。

玻璃走廊外，可以看到對面人家燈影輝煌，那裡正設華筵，時時傳來喧嘩的笑語，他悵然的：

「我羨慕那些沉浸於現實中的人，他們滿意於已有的一切，懷著感激，接受生活給予他們的一切，為什麼我卻不能？……跋涉復跋涉，追尋復追尋，棘茨滿衣，胼手胝足，如今夜色已然來臨，我的終點又在哪裡呢？」

他凝望著她，——那月光正在撫摸著的塑像，看來有幾分超越世俗的美麗，使他感覺到幾分陌生與驚訝，他衷心的向她發出讚嘆，他凝視得有幾分入神了，裊裊的煙紋，織起一層稀薄的霧，將那圓面孔隔了起來。他默默的想：

「許多人都以為，我能將這尊塑像移到家中，是無上的幸福，我自己當初確也這麼想過。所以孤注一擲，拋去了一切，贏得了她，她成了我的妻子，但是誰知道我們的靈魂至今仍是陌生人！至今她的心靈中，有一種東西，非我所能理解……這證明了我的一切代價近乎虛擲，為什麼人的形體接近了，靈魂卻離得更遠了？這真是一個謎，一個痛苦的謎……。」他大張著眼睛，望著滿地月色，月光已流溢滿了磨石子的地面，發出白堊般的光彩，……那光彩似乎是起伏的微波，向前湧流著，湧流著，一道更寬廣的乳色河流形成了，將他及對面的她分隔在兩岸，他已看不清楚她的眉眼，只見她在支頤沉思，他不知道她正在想些什麼。他嘆息了一聲，月亮遠看是如此的燦麗，誰知道它卻是沒有溫度的？

她向他望著，將手中未完工的毛線衣擲在桌子上：

「你為什麼嘆息呢？」

「沒有什麼，只覺得風有點涼，你說是不是？」他答著，一邊想幸虧是在朦朧的月色中，她看不清他臉上那種痛苦的表情。他感覺到夜深風冷，是的，夜深風冷，即是在炎夏長晝，他也有如斯的感覺。她知道他已得了一種精神上的痼疾，很久以來，他已感到這症候，他曾焦灼的到處尋覓靈藥。他發現了她，純潔天真，活潑歡笑的她，生活中充溢著新鮮的青春氣息，他想，照耀在她心靈中的那春日的陽光，會治癒了他的痼疾。但是，自從與他婚後，那股絢爛的陽光消失不見了，他的屋子裡仍充滿了陰影，到處是陰影，這使他在失望之餘，更感到無限的惶惑。

他甚至懊悔自己當年的莽撞，曾毫不思慮，一無猶豫的，將她的命運與自己的勉強綰在一起。自己的症狀並未見痊，她卻在陰翳的房中日漸憔悴……。

他想，她也許只是適於生長在小河邊的水蓼花，她需要的是原野中新鮮的空氣，而他卻以那一片夕陽般垂暮的愛情，為她建造了一座暖房，其實，這並不適宜她，她置身其中，只有日見枯萎，這是看得出來的。將這活潑的生命誤植，確是他的過失，也是他的罪惡。不然的話，他如今掀起了自己平凡生活褪色窗帷，仍可遙見到這鮮美的水蓼，在晨風中清流邊搖曳輕盈……。他想起了那一夕，他第一次看到她，在一個獨唱會上，那給予他多麼鮮明的印象呵，他深為她的豐采，她在藝術上的造詣而傾倒了。他出神的坐在來賓席上，他想像她是一隻偶而自天外飛來的鳥雀，暫時的棲於林間，當她唱到一個休止符而停歇下來時，她是靜謐中的靜謐，當她的歌聲流瀉時，那曼妙的聲音，代表的是語言中最精彩的語言。他渾忘了身置廣大的廳堂，千萬個聽眾之間，他只覺得自己面向著群峰前的山湖，悄然佇立，他意識到她是那諸峰之頂，永恆的聲音的回聲，而他自己是那偶而投向湖心的映影中之映影。當時他曾感動得至與泣下，自己在心中低語著：「千年不過一瞬，我要把握住這頃刻來諦聽她。」她那著了白緞禮服的身影，在他的目光中，真是一枝通明的銀燭，在人間的遙夜，發出了那麼溫柔的光輝，他開始希望這光輝，照射上他那黝暗的岩壁一般乏味的生活。

在人生的道途上，他開始了一個朝聖者艱苦的跋涉，那清輝閃爍之處，即是他心靈的聖殿。但當他走近她的一瞬，即是那光彩幻滅之頃，悲哀幾乎將他淹沒，他不知所以，無可告訴……。

月光在地上迴旋，他並感到心中是如此空漠，天地蒼茫，甚至聽不到一聲牧女的遼敻的笛音。他覺得已面臨了生活的危機，這情形延續下去，沒有別的，只有將他們變成化石，空留回憶的痕跡，失去生命，長此沉埋。

「未央！」他狂喊著她的名字，他感到瀰漫生命周遭的正是「長夜未央！」他那麼用力的喊著她，實際上，也可以說他是仰天呼喚，他只是以她的名字為代表，而向了那冥冥中的女神呼籲，這是生命中的帆船在行將觸礁之時，發出的呼救信號。他直是以全部的生命力在呼喚，他希望能產生奇蹟，得到應答，在那應答的柔聲裡，生命的畫面會立刻幻出池塘生春草，園柳變鳴禽的境界。

「嗯？你為什麼用這麼高的聲音來喊我，你以為我睡著了麼？」她並沒了解他語聲的含義，並不曾把頭轉過來，只微帶幾分不耐煩的回答著。她是聰明而多感的，但她是太年輕了，她只是為了接受愛撫而生的，而非為了做病患者的看護。目前的生活，對她真成了艱澀的課題了，她日日感到那山雨欲來前的低氣壓，她在為生活受苦，她無從了解她的丈夫。她的生命中更有一些東西，還等待人去喚醒。但直到現在，他還不曾理解如何去喚醒它。

她是驕矜多幻想的，唯其不了解生活及愛情的真義，她曾渴望著傳奇式的不平凡的愛，她嫁了他，那只是長時的幻想與突發的熱情的結果。他那星星的華鬢，那沉鬱的神情，那掛在唇邊的諷世的微笑，她認為那是一個天才的象徵，並且，他懂得太多了，他會把她引到一個多麼繁複的世界上去，那可以滿足她的好奇，豐富她的智慧，她遂接受了他情感的獻贈，但她怎知道，他是以一個病人的身分，來向她祈求魔藥的？一日日的過去，她得到的只是家庭生活的桎梏，與那無限煩瑣。青春的時光，已在幽閉中溜走了兩年，她未尋到了她所希冀的，卻嗅到毀滅與死亡的氣息，此刻她望著他那月光鍍得更為斑白的華髮，那發亮的鼻尖，她悽然的自問：

「這便是我以青春換來的麼？」她重拾起那件毛衣，將無限的悵惘都織入那一針一線之中。

他望著月光，突然想到歌德小詩中的一段，不知為什麼，那些句子此刻如此使他感動，他悄然的低吟著：

> 我慢步叢林，悠然意自適，忽見一小花，搖曳樹蔭中，盈盈如美目，皎皎若星辰，我欲前攀折，伊乃吐清音。草木有本心，不求美人折，以免就凋零……。

她輕輕的問著：

「你在唸什麼？」

他靜靜的說：

「重述起來，就沒有味道了。」

她失望的低下頭。

沉默，又恢復了那可怕的沉默，她仍去織那件毛線衣，嘴裡喃喃著：

「總是這樣，真是一個怪人！」

一陣微風吹了過來，他深深的呼吸著夜深的空氣，多麼沁涼，像冰水一般！他突然感覺出自己適間的答語使她太失望了，他惶急的站起來，握住那隻柔軟微涼的手：

「未央，你是不是愛我的？」這是許久以來便鯁在他心頭的一句話，直到此刻他才說了出來，他覺得自己心跳得是如此劇烈，在無望中，他希望得到她肯定的答覆，即使是謊語也罷，那對他的精神也許會是一付鎮定劑。

「難道你還懷疑？」她避免正面的答覆，聲音裡沒有絲毫的情感，她回答得那麼迅速，竟好似是背誦現成的答案。

「是的，我相信你。」他凝視著她，心中感到輕微的失望：「只是我覺得有點什麼東西來到我們的中間，將我們隔開，我為這而日夜感不安，但那到底是一種什麼東西呢？你可以告訴我麼？」

一片落葉，自窗口飛了進來，正好落到他的身上，他顫慄的拿下那片葉子，覺得那好像是命運給他的答覆。他神經質的笑著：

「也許就是它吧，就是秋天，到我們中間來了，我只是感到冷，你是否也是這樣？」

「什麼？」她並不曾注意的聽他的話，只覺得夜深時分寒意溼重，她偎近了他一些，但是，沒有用，似乎有一層更冷的霜霰，灑落在她的心上。同時，她更嗅到了一股濃烈的雪茄煙氣息，是如此的刺激。

他並不答她，只緩緩的說了下去：

「一定的，兩年來和我在一起你不曾感到快樂……，人都是要追求快樂和幸福的，你，一個年輕的女孩子，你為什麼應該去尋求那些？……離開我吧！」他以那煙蒂染黃的手指，撫摸著她的肩膀，一份過度的自傷，使他轉而憐惜眼前的她。前天他在她的抽屜底，無意中發現了一個年輕男人的照片，當時，他曾感到異樣的煩惱與憤怒，只是他隱忍住了，未曾說出來，心中感到十分痛苦與妒嫉，他曾想找尋一個機會向她逼問這件事，今天他遲遲不肯去睡也是為了這原因。但是，是由於今天的月亮還是於其他，他納罕自己心中的惱怒完全消除了，只是充滿了感傷與懺悔。

月光溜過了屋子中央，展開肩巾的一角於白壁上，在對照交映之中，檯燈的光更顯得慵然欲睡，發出了淡綠的顏色。由這盞檯燈座上的名字，他更憶起許多往事，他似乎看到了他從前的妻子，仍然向他那麼淡淡的苦笑著，那微帶鼻音的語聲，是如此的酸楚：

「在遇到你以前，我本來就預備孤獨下去的。你來了，你破壞了我孤獨的生活，如今你又把孤獨交還我了，謝謝你。既然如此，我沒有什麼可說的，但願你和那位小姐是幸福的，不要再有什麼『事變』了。」

他突然發現她的靈魂是如此的美麗，他更發現自己從來不曾如此愛慕過她，他迷茫的試著去握住她的手，但她已經走了，只把他丟在一片冷清清的月光裡，他好像在適才的瞌睡中看見了一個幻象。只有那溫柔的語氣，在空氣中蕩漾：

「但願你和那位小姐是幸福的！」

「唉，什麼幸福，千瘡百孔！」他頹然的又倒在椅子上，他看到對面的座位是空的，只有那件未織完的深藍毛衣，扔在那裡。

「未央！」他呼喚著她，此時此地，除了向她呼喚以外他更想不出再去做什麼。

聽到他的招喚，她又走了進來，搓搓手，她驀的將窗子關上了：

「真涼，關上窗子好不好？」

他並沒有理會她的話，只怔怔的向她望著：

「未央，容我再問一句，我覺得你並不愛我，一天天的過去，你離我似乎更遠了。」

「難道你愛過我嗎？你愛過真的我嗎，你認識真的我嗎？」她想如此詰問他，並未說出來，她唯恐他受不了這過分的震撼。她此刻更明白的意識到，他們一直是在欺騙中生活著，並不是有意如此，當初卻是被一種幻想欺騙了，這些她都不願意說出來，只支吾的：

「但是，我一直也不曾離開你的身邊呵！」

「你的心思，早不在我的身邊了！」他默默的想。他又記起了她的抽屜底那個陌生男子的照片，他不相信她曾做什麼愧對自己的事，只是，在她的心中，自己的影子日漸黯淡，卻是一個不可否認的事實：「春天本不是我的，我為什麼要把它試著關閉起來呢？她的一切是值得原諒的，錯的是我，導致這錯誤的是我一時的狂想。」

他的眼睛望著她，他走到前面，以一隻手憐愛的撫摸著她的柔髮，他看到她披的是一條銀紅色的披肩，但在月光下那變成了深灰的顏色。

「我可以原諒你，也可以尊重你的一切意思，隨便你如何來處理這件事，只是你得告訴我，那個人，那個相片中的人是誰？」他感覺到自己是如此的軟弱，無望而又無助，他聲音裡沒有恫嚇，卻像是祈求。

她的眼睛射發出那麼動人的光燦，淚珠在睫毛下閃爍著，說明她靈魂的傷痛：

「什麼事情都沒有，你用不著知道他名字。」

有什麼微妙的情感潛入他的內心，他悵然的倚牆而立，聲音是那樣的感人：

「未央，你不說也沒有關係，我決不逼迫你。我還不至於愚昧到那地步，一定要將帶翅翼的天神拘留起來。我是愛你的，但那是一種極端自私的愛，我是像一個病人敬愛他的醫生的那樣的愛著你，我只要求的是給予我快樂同健康，總之，我只是索要，而忘了給予。兩年過去了，在這期間，我是太忽略了你的幸福了，你自我這兒，什麼也不曾得到，除了這屋子中陰冷的空氣。我是生活在錯誤當中，這錯誤，造成了我們中間的苦惱，今晚，感謝月亮，我悟出來應該如何的來愛你，應該如何來表現我的愛。現在我更明白，生命中的秋天就是秋天，絕不會成為春天，我是可怕的衰老了，我為什麼要否認這一點，而企求春日陽光再度照耀著我？我當初企圖向你借到光與美，如同月亮之於太陽，我忘了這會使你遭受到多麼大的犧牲。我現在後悔了，我要你離開了我，恢復了你過去的生活。我如今知道真正的愛在於割捨了所愛。我從來不曾像今晚這樣的愛過你，但在這最初真正愛上你的片刻，我決定要你離開了我，你走吧，你走了我會心安一些……，離開我吧，孩子，這屋子對你的確太冷了，你怎麼受得了？」他多皺的眼角，滲出了清淚，他吻著她的面頰，像一個父親似的吻著她，衰老的容顏上，浮現出那麼動人的愛之柔輝。

她伏在他的肩上顫抖著，她突然覺得靈魂中有一種神聖的情感開始覺醒。她深深的感到他對自己的愛情是如此的深厚，從來還沒有一個人如此愛過自己，愛得忍心使自己離開他。她感到一陣快樂浪潮的衝擊，她懂得愛了，從這一分這一秒起，是他喚醒了她，是他教育了她。她是如此深摯的愛上了他，這不是愛的映影及回聲，而是愛，它的本身。眼前這個人，在他的垂老之年，向自己呈獻出最後一次的戀情，和夕陽中的霜葉一般絢麗，而同時又熾燃著如此動人的神聖光燄，直似人生的初戀——她心中那份尚不曾動用過的，純摯的初戀。她不禁感泣：

「求你不要再說下去了，我是永遠也不肯離開你的。」

窗外，月亮沉落了，遠處傳來了斷續的雞鳴，透過黎明的霧氣，竟也帶了幾分溼重的意味。

她溫柔的望著他：

「要不要喝杯熱茶？」

他點點頭，充滿了感激的微笑著。

她如今才了解，她的伴侶是需要溫暖的，她燃著了那酒精爐子去煮水，望著那淡藍微弱的火燄顫抖在黎明的銀線之中，她想：這火燄象徵著一點什麼，要想說明它，很容易，也很困難。

不相遇的星球

真悶。

自從前晚，綴著星子的夜幕被風捲起，晴好的天氣也突然變壞了，整個的宇宙，好像患了憂鬱病。

央自早晨起來就覺得頭昏，她想，也許是昨夜自己睡遲的緣故，推開窗子，秋芙蓉的葉子黃得那麼可憐，連未展放的苞兒都有了枯萎的意思。但這景象和那灰濛濛的天空卻是異常的調和，她凝視著天空，帶著讚賞的神氣：「真是一張色彩配得很好的畫幅！」她伸手到衣袋中，摸到一疊硬紙，是昨晚收到的那封信，她抽了出來，甩在桌子上，依然怔怔的望著窗外……。

唉，這封信，這封魔術的信，使她的心情有了多麼大的改變啊，就好像一陣強烈的季候風，使得島上的溫度都改變了似的，那封信是侃寄來的，上面說已經收到了她的信了，只是為了事情不曾辦完，所以不能在預定的日期回來，盼她能再耐心的等他幾日，至遲月底就可以到家了。

她看著昨晨趕縫的淺色窗帘，才裝的鏡框，新添的那尊石膏愛神像，這一切好像都有譏諷的味道，壁上的鐘聲，聽來是那樣的清晰刺耳，她聽著，聽著，眼睛不知為什麼竟有幾分溼潤了。

她想，還是找點事情做，轉移一下自己的心境，她自抽屜中拿出了那本日記，呵，一片空白，她已經好多天不寫日記了，她搖著筆寫了下去：

「生活是一片空白，是一片空虛，我能在這上面寫些什麼？」她無精打采的將筆帽插上，以筆桿輕輕敲擊著玻璃板，俯首低語：

「如果我能夠將這份空虛寫了出來，那麼這篇作品的內容也就不能算是空洞的了。」

她在紙上縱橫的寫了無數「空虛」的字樣，但到底也不曾將那篇文章完成，她站了起來！叩去煙灰碟中的灰燼，隨手撿起了一把雞毛帚，她才注意到屋角都掛滿了蛛網，她吃力的撣拂了許久，看看屋子也並未比較整齊清爽，只是那些蛛網反而像是掛到她心上來了，她另有一種茫然之感。

她佇立在走廊上，看著院角的一片陰影，前些天無意中撒到地上幾顆豆子，已經茁長起一點芽蘖，顫巍巍的兩片嫩綠葉子，像是擎托著無限的希望，她俯身摸弄著那株豆苗，她幾次都要脫口而出了：「這已經是秋天了。」當真，這已經是秋天了，她的濃密的髮上，像是正有一片颯颯的秋風掠過。

她預備喊那個老女傭將院角的亂草清除一下，但是喚了幾聲，才聽到那一聲低沉的答語：

「等一下！」

她隔著閃光的廚房玻璃窗，看到那滿頭的皤然白髮，不禁油然的生了同情之心，她覺得這個老女傭比自己更可憐。她仰天噓了一口氣，她想對那個衰弱的老婦人說兩句安慰的話，但她一時不知說些什麼才好；她重新回到房中，再也抑制不住那起伏的心潮，她坐在沙發上，自己覺得衰頹得像是那座沉落的龐培城，她用手遮住自己的眼睛，一些往事像碎雲似的聚攏了來，揮也揮不去，她想起和侃結婚以來的許多事，她也分不清自己的心中到底是悲哀，惆悵，或者是喜慰？也許前二者的成分較多吧。

她想起多少年來對侃的一片癡情，她將自己的情感都給了他，毫無保留和剩餘……。

「毫無保留和剩餘……全部的奉獻……」她自忖：「但是我獲得的是什麼呢？」

「獲得的是什麼呢？」

「獲得的是什麼呢？」

寂寞的四壁，好像同時向她發出了相同的回聲。

「算了，人生是經不起盤詰的，最後的答案總是一樣。」她自悲又自慰的這麼想，她又憶起了侃常常對她講的一句話：

「央，你對我太好了，使我感動而又不安！」

『感動而又不安』這簡直不像丈夫的語氣，倒像個極冷淡的朋友，我的熾烈愛情，並不是他所需要的，……並且，也不能使他感覺快樂……。」

「那麼，我就將我給予他的感情收回來……。」她環顧四壁，一種向所未有的自尊與倨傲使她的心臆擴展膨脹……，她彷彿已把歷年來給出去的感情已經收回來了，唉，這麼多的險遭浪費虛擲的純情！如今已經收回來了，但，寄放在什麼地方呢？她頓時覺著情感懸了空，整個的自我也像被孤懸起來了；她緊緊的倚著沙發椅背，緊緊的抓住那椅子扶手，彷彿如此才能保持住自己，免得墜落於不可知的深淵……。但她終於像是墜落淵底了，只這一剎那，她已不耐這淵底的淒冷與黝暗了。她想呼喊，但喉頭像是被鯁塞住了，她感到如此的悽惶無助，她搔亂了自己的頭髮，將那些黑亮的髮夾都拿了下來，任著那捲曲濃密波浪般的長髮披散了下來；她的思想的潮水，又轉了方向，她記起幾年來，向自己表示愛慕的年輕人不止三四個，他們彷彿都了解她的這份寂苦，有的送了芳香的花束來，她都隨手扔在窗外的草地上了，有的寫了詩箋來，她只看幾行便塞在抽屜裡，是侃——她熱愛的丈夫侃給了她驕矜與力量，她只以沉默答覆了那些人，她佯作不理解他們的情愫，以致那些熾熱的情感都缺少了助燃劑，慢慢的自生自滅了，但這些又豈是整日忙著公司業務的侃所能了解的呢。她有一次實在忍耐不住了，拿著一封青年人的「投書」給侃看以表示她的堅貞，希望藉以激起了他的愛燄，但是他的樣子是多麼冷淡的呵，他一邊對著鏡子結著領花，一邊說：

「哼，央，我們都結婚六七年了，你還搞這一套，你想想，這豈不是可笑的嗎？你不要那麼自做多情好不好？誰不知道你是我的太太，誰會給我太太寫情書來呢，天下哪有那麼多的癡子！準是你悶得慌了，才自己寫了來哄騙自己的，你趕快收起來吧，我才不要看那些寶貝信！」

說著隨手把她送上的厚厚一疊箋紙拋擲在桌上，望都不曾望一下。那時她覺得心上的寒暑表立刻急劇下降了，降到冰點零度下面去了。

她有時也向女友們訴說這份苦楚，但是她們卻是比她世故得多，她們對她的痛苦，好像毫不同情：「別不知足了，央，你還是我們大家當中最幸福的一個呢，不信你看看，誰有你的生活過得消閒自在，誰有的房子寬敞舒服，愛情嗎，快別那麼傻，那都是在婚前男人們說來騙騙我們的罷了，別太認真了，侃對你算是不錯的了！」

那麼世界上沒有什麼真正的愛情了，她自少女時代就憧憬的美麗的愛情！……她憮憮的坐在沙發上，她渴望著有個客人來，幾次聽到門鈴響，她都興奮的站起身來，有一個是收電燈費的，一個是為了選舉的事來拜託的。一上午，冷冷清清，連那個平日絮聒不休的鄰女也沒有來，她看到老女傭拿著醬油瓶子從門外走進來，她知道已是將近中午了，一個上午又無所事事的消磨過去，她展開了當天的報紙，看到上面有她丈夫的行蹤，她真有「悔教夫婿覓封侯」的感嘆，她想像得出他近幾天來的生活充滿了宴會，酬酢，開會。而自己呢，整天坐在家中守著，也不知守候些什麼，唉，在丈夫的眼中，也許自己只不過是個掌鑰匙的管家婦與司閽者，她真不願做這份不受酬的閑嬾的差使了。

「我一定要離開這個家，把這個家交給他自己管管看，……當我走了，他就會想念我了，也許他就會愛我了，男人，就是這樣的，這也許是激起他愛情的好辦法……。」

她立即擬了一個電報稿：「我因事赴省，家中無人照料，速返。」她自己將這電報稿唸了一遍，像個惡作劇的孩子一般得意，向著鏡子裡的面影，投了一個狡黠的微笑。

她回到內室，拿了幾件換洗的衣衫，放在小小的旅行箱裡，她想回到母親的身邊，過幾天愉快的日子，她將十天的菜錢交給女傭，又吩咐她小心門戶，然後，叫了一輛車子趕到車站，她預備買好當日南下的火車票，再回到家中休息一下，然後動身，在車開之前，將那封電報拍出。

當她站在買票的窗口等著依次購票時，突然有一隻手在她肩上拍了一下，她驚悸的回過頭來，竟是侃！他滿面風塵，但是精神仍然是那麼飽滿，他微笑著問她：

「你想不到我回來得這麼快吧？你在做什麼？買票嗎，給誰？」

她支吾的說：

「我只道你要到月底才能回來呢，……我在替一個朋友買車票。」

「還沒買好嗎？」

「他們說到明天才開始預售。」她忸怩的說。

「那麼回家吧，外面也許有他們派來接我的車子。」

她默默的跟在他後面走進車子，望著玻璃窗外揚起的灰塵……，不做一語。她想實行一個計劃真難，自己剛剛要走，而他卻偏偏的就回來了。那個侃卻是笑聲高亢，興致鑾好，向她絮絮的告訴著幾日來愉快的旅行。他說，他本來想要遲到月底才可回來，但臨時總公司這裡發生了點事，等著他處理，他就匆匆的趕回來了，明天一清早要趕到城外去，同時，他更問著她，十幾天來，他不在家，家中有什麼事情沒有，她沉吟半晌才說：

「沒有什麼事，……只是……幾乎……走了。」

「誰要走？那個老女工嗎？多加她幾個錢就是了。」

她斜著眼望她的丈夫，不禁有幾分憐憫，同時對他的異乎常人的那份鈍感，覺得有幾分可笑：

「嗯，只怕你永遠加不到她理想的那個數目。」她有意的說著這個「象徵性」的句子，自然又是她身邊的那個人不能體會得到的。

車子在門口停了下來，她先下來，走到內室的書桌前，將玻璃鎮尺下的那張電報稿揉成一個紙團，捏在掌心。

丈夫也緊跟著她走進來了，向她問著：

「你揉的是什麼？」

「還有什麼，還不是你說的那些自己寫給自己的情書。」

她又嗔又恨的瞄了他一眼，他卻若無其事的摘下帽子，掛在衣架上，然後，又換上他那摩洛哥皮的拖鞋，她輕輕的嘆了一口氣，卻未曾被他聽見，也許他聽到了，卻未曾注意到那嘆息所代表的悵惘。

晴陰

又是陰霾天氣。六七天來，太陽一直在雲後昏睡著，今晨好容易探出了頭，卻像是一枚古老的銅幣生了銹，顯得那麼黯淡，轉眼間，又消失了蹤影。幾片灰雲，像是貼在那兒，沉重得飛不起，瞧上去有點溼漉漉的，彷彿用手一擰就可以滴出水來。如緹坐在窗邊那把舊藤椅上，凝望著窗外。畢竟是春天了，天氣儘管陰溼，那份輕寒中卻氤氳著一股溫煦。小草在階前的泥土中揉上了幾星綠色；牆外的樹上有斑鳩在互相應答著，聲音是如此的低沉而溫柔。她感到格外寂寞，在這陰沉沉的天氣，身邊連個影子也找不到。她突然斷續的憶起了吳梅村的詞句：

雲葉弄晴陰，
屋角鳩鳴，
……
池館晝盈盈，
人耐寒輕。

她信手拿起桌邊一本《新舊約》，隨意翻到一頁，上面有一句，火燄似的照亮了她的眼睛：

我為世界帶來了火燄，所願意的是什麼，不是要點著它麼？

她嘆了一口氣，輕輕將書闔上。她覺得自己真該設法點燃生命的火炬，這麼久以來，她意識到火炬已經熄滅了。她又轉眼望著窗口那塊灰色的雲天：「這陰沉沉的鬼天氣，使得人也發霉了。」

窗前的桌子上堆著凌亂的書報。打字機上捲著紙，紙上最後打著的正是routine這個字，她不知道為什麼昨晚打到這裡再也無心打下去。桌邊瓶中，幾枝早梅已經凋落了，殘片像幾滴淚似的印在玻璃墊上。

她站了起來，想做點什麼事，但又頹然的倒在那把藤椅裡。生活真像個亂線團，抽尋不出個端倪來。她望著牆壁上一大片霉溼的痕跡，掛著的泥金相框中，正是她十五年前的照片。那圓圓的面孔，像是一枚透熟的漿果，又像是一枚膨脹的燈球，渾圓得可笑。髮間那條絲帶的結子，淘氣的小蜜蜂似的差點飛了出來。相中人輕掀著口唇，好似向她投出一股輕蔑的微笑。她記得，她那時不是這麼慵懶倦怠的，終日活動著，不是圖書館，就是網球場，再不然提個小燈籠，在夕晚的林蔭路上散步，同學們稱呼她「螢火蟲」，她卻說自己是「夜遊神」。但如今是什麼將自己改塑成這個樣子呢？整天「軟禁」在這斗室之中，「癱瘓」在圈椅之上，是「家」嗎，「時光」嗎？這是兩個最能折磨人的精靈了。

她驀地裡像是想起了什麼，走過去拉開放置雜物的櫥門，打開一個報紙包兒，裡面是幾株劍蘭的球莖，這是去年秋天琨交給她的，說是朋友航空寄來的，是荷蘭種，但她一直忘了種植。多奇怪呵，那些乾焦焦的根株，卻悄悄的抽長了半寸多長的新芽，白色的芽，帶著一絲青綠。她苦笑了一下，覺得這對於她的怠惰，是一種無聲的譏諷與抗議。她匆匆的又將它們包了起來，索性扔到櫥子角落裡。

如果這些花根被琨發現，不知道他會說些什麼。他五天前出差到×城去了，沒有信，也沒有長途電話，一反他平日的習慣。她不知道他在這一百多個小時中做了些什麼事，遇見了些什麼人。衣架上掛著他一件空蕩蕩的上衣，她無言的摸弄著它的領袖，一股淡淡的香味襲進她的鼻孔，這並非她用的香水的味道，她不禁悽然的想起琨向她說過的幾句話：

「男人在社會上活動，總得有點應酬，緹，你總不能用腳鐐子把我鎖起來呀！我永遠是你的丈夫就是了，何必亂猜疑呢。」

雖然他說話時，伴著爽朗的笑聲和親切的愛撫，但卻仍在她心上，投下一片暗影。在這小別期間，這陰影彷彿更為擴大，形成了她的悲戚與恐怖。

她又想起了他們生活中的那宗缺陷，結婚十五年了，但始終沒有孩童的啼笑點綴家庭生活。琨呢，也許因為比她年長幾歲，天性中的那股父愛，漸漸熾烈起來。他極其喜歡兒童，辦公回來，手中總是提著一些零星小東西，泡泡糖、甘草花生之類，分散給鄰近的孩子們，尤其對隔壁蕭太太的獨生子小濱，格外偏愛。那孩子很矮小，卻異常伶俐，站在琨的身邊嬌癡的喊著「伯伯」時，比琨的長筒馬靴高不了多少。這半年來，也許是怕刺激不曾生育的她吧，琨好似有意的抑制並掩飾對小濱的喜愛了。這許是一種好意的體貼，但使她更加不安。她記得有一天，在教堂中聽牧師講道，提到「那不結果實的無花果樹」，她偷眼看琨，他卻故意將臉轉過去，使她更深深的感到「歉疚」，面紅耳赤的低下頭去。琨故意別轉臉去，證明他對「無子嗣」一事很敏感，這比事實本身更使她痛苦。有一天她外出回來，看見琨正在滿是陽光的走廊上，和小濱做「獅子滾繡球」的遊戲，兩人笑著嚷著，興高采烈。廊邊倚立著孩子的母親——那個纖瘦的小婦人——說是二十八歲，比她年輕六歲，但瞧她眼角的魚尾紋，總該過三十大關了吧。但男人們卻總看不出女人的實際年齡，琨有一次還讚美蕭太太是「少女」一般的母親呢。琨見她提著大包小裹走進來，先停止和小濱玩了。蕭太太也怪不自然的向自己說：

「小濱又跑來和伯伯胡鬧，喊他回去吃中飯也不睬。」但她的眼睛中，卻閃動著怎樣一種罕見的奇異的秋星般的柔輝呵！琨也一邊笑著整理領結，一邊向小濱說：

「回去吧，今天不玩了！」

那語調又是何等的溫柔！當時如緹癡立一旁，卻像是唯一的旁觀者，心中真感到難言的傷痛。她不知怎的眼睛竟然溼潤了，一俟那母子走後，不禁哽咽：

「琨，你這麼喜歡孩子，我們到孤兒院去抱一個吧。」

但琨卻又作得那樣漫不經意，燃著煙斗吸了一口：

「那又何必，不是又添麻煩！」

添麻煩！她聽來很刺耳！這分明是說給她聽的，而不是出自他的衷心。她認為這是可怕的虛偽。這天整個下午，她不曾找他說話。他也理會出家庭中這份低氣壓，悶聲不響的過了兩天，便出差到×城去了。誰又知道他的什麼差！

隔了那道短牆，此刻傳來了小濱清脆的笑聲，他正在騎竹馬呢，一邊呼喊著：

「馬來了，馬來了！」

那稚弱清亮的聲音刺著她。她匆遽的走到屋角，從籃子裡取出一隻蘋果，走到那堵矮牆邊，探過頭去，向那孩子招招手。呵，他家是如此寂靜，好像只丟下這孩子一個人看家似的。她柔聲的喊他過來：

「小濱，給你個蘋果吃！」

那孩子扔下竹馬跑了過來，她卻捏著那隻蘋果不放，只放低了聲音在他耳邊問著：

「小濱，乖孩子，你媽媽這兩天在家嗎？是不是出門了？」

「沒有，沒有，媽媽在廚房裡。」那孩子伸出微涼的小手，接過蘋果，蹓到階上低頭啃食著。她突然覺得這個孩子很可愛，那微涼、溼潤的小手多麼柔軟呵！

她無聊的站在院中。巷外，有人推著一輛破舊的自行車，軋軋的過去了。那是一個收買舊物的，三天兩日要從這裡走過。她的思緒，也似跟著他走遠了。她真想喊他回來，將一切陰暗、潮溼、發霉、褪色、過時的東西，都扔給他，不取分文。

她走進房中，打開後面的窗，屋後那家的主婦，正在打電話。那尖銳的聲音，清晰的傳來：

「……喂，勞駕，……我是問問他在不在辦公室。」

「呵，……什麼？開會，是的。……沒有什麼事，不必喊他，謝謝你。」

那語聲開頭像是急喘，漸漸緩和下來，最後那聲「謝謝你」，直是充滿了歡笑了！那接電話的聲音，一直在她心頭蕩漾著。她對那位打電話的太太，發生了無限的同情。呵，人生，多麼可笑，又多麼可憐，尋尋，覓覓，到底為了什麼呢？

傭婦拿進當天的報紙，她按照一向的習慣，先看第一版的廣告，她發現一個熟識的女孩子訂婚的啟事，她內心的感覺如此的繁複，簡直是悲喜交集。她想寫一封信去，為這可愛的女孩子祝福：

玫君，我得到你訂婚的消息，高興得眼淚都要流出來了！

她寫完了這一句，看看不像話，不像一封賀函，但句子確是寫實的，她當真有一種淒楚的感覺，哭泣的願望。她想到自己戴上訂婚指環的那一天，自己還不是說過：「一個圈圈兒，怎套得住自由自在的我？」但如今，到底套住她了。這圍牆，這圈椅，不過是那魔術指環的變形罷了！

「呵，管他天晴天陰，犯不著為這平凡的生活煩惱！」她好像忽然有所醒悟，不禁喃喃自語著。她突然覺得心靈已經僵死了，好像是一株枯了的樹，長不出一片綠葉來。她耳邊，像有聲音在問她：「你快樂嗎？你憂愁嗎？」她在心中回答道：「我沒有快樂，也沒有憂愁。」人生的旅程已過了一半，自己已是三十多歲了。她決定再度揮發自己的生命力，好好的做點事，雖然做什麼還不曾弄清楚。她只默默的想：

「琨什麼時候回來都好，他喜歡小濱也沒有關係，即使他喜歡小濱的……」

她不再想下去，只為了自己這份決心而感到喜悅。牆頭的陽光，倏忽一現，她想不應整天將自己關在屋子裡。她抓著手袋，走到大門邊，卻看到信箱裡有封信。是琨自×城寄來的。信中說明日午後可以抵家，盼她為他煮好一壺熱咖啡。信上說的明日，就是今天了！

她將信摺疊了起來又展開，她感到一陣劇烈的心跳，再過幾小時，他就又回來了。她該如何呢？收拾收拾屋子，再收拾收拾心境。她想起他臨行的時候，正是微雨如絲，他將那鴨舌雨帽隨意往頭上一按，那種瀟灑的神態，實在難以描繪。他懂得多，最要緊的，他會「做愛」，他會把生活的白水釀成橘精酒，連顏色都是如春三月一般迷人。當初，他不是常常向她說：「我的年紀比你大幾歲，對你，這是我最後一次的戀情，只有男子最後一次的戀情，能夠滿足少女神聖的初戀。」她聽了，深深的沉酣在他那夕陽般絢麗的情感中了。結婚以後，曾有多少女人的影子偎近了他，他那幾句：「男人在社會上活動，總得有點應酬，緹，你總不能用腳鐐子把我鎖起來呀！」又使她心悸。……

她驚訝的發現自己終未走出大門一步，又回到桌邊的圈椅中，並且，她未理會是什麼時候，自己的手中已拿起了口紅和粉撲。一陣紅雲，掠過鏡中的人面。

她囑咐傭婦，洗淨了那隻咖啡壺，驀地裡，她又記起了一件重要的事，匆匆的拉開收放雜物的櫥門，把劍蘭的球莖拿了出來，走到前院，在牆角的花圃中挖掘著，一顆顆的種了下去。當她揉搓著手上的溼泥，站起身來，那枚古銅幣，已不知被什麼巨靈之掌擦拭得如此光亮耀目。

她側耳而聽，好像有輛三輪車走進巷子裡，由遠而近。

第二輯　孩子的心

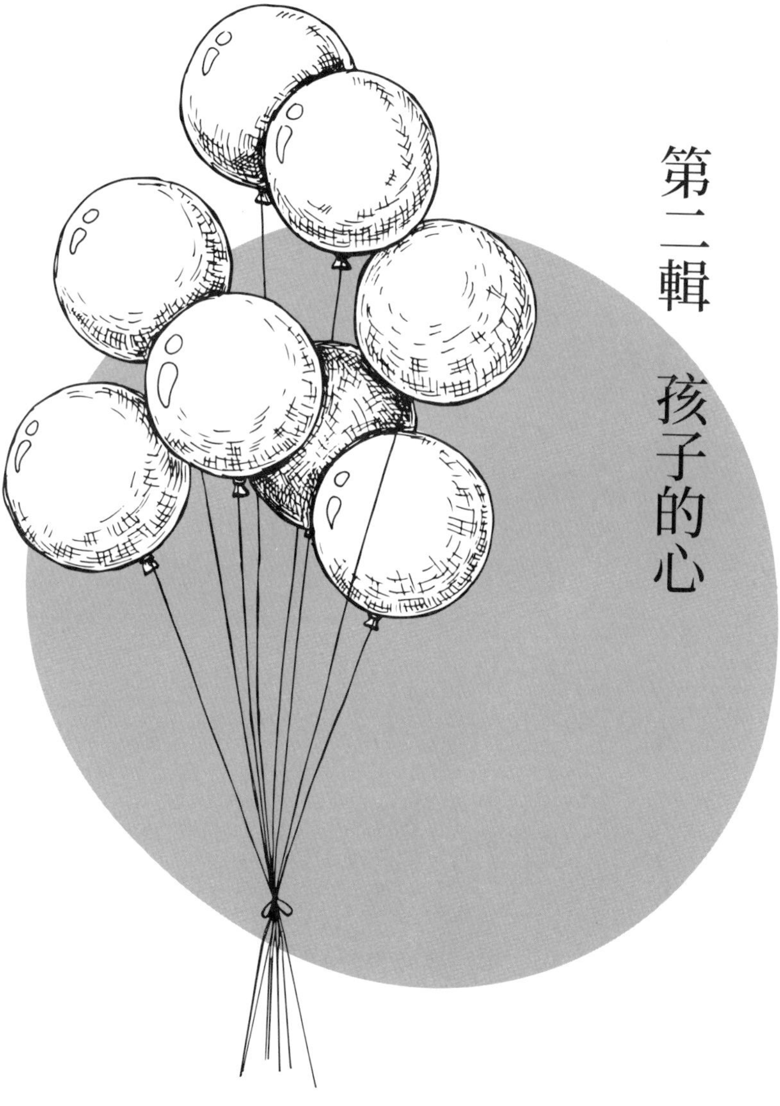

老校工的羊

星期六的午後，散學的鐘聲已敲過好久了，這所鄉鎮立的小學，顯得異常寂靜，一些學童們早都跳躍著回家了，只有五年級三個值日生還留在課室裡，級任老師還未曾來查看過他們當日灑掃的成績，所以他們還不能回家，但這段時光真過得太無聊了，他們便搠起掃帚，拿了抹布和水桶直奔他們的「水源地」——後院的荷花池畔來了。他們將抹布和水桶都扔在池邊，開始撩濺水花為戲，末了，索性將六隻腳板浸到池中去「放水鴨」，浮在水上的幾片油綠的睡蓮葉子，都被他們踢弄破碎了，一朵才開的蓮花，嫣紅得像片晚雲，在透明的水珠下顫動著，晴美的陽光照在水上，閃發出耀目的光彩來。風中傳來一陣悠揚的單弦聲，他們

知道是老校工又在飯後奏樂了。

那個下頦尖瘦，頸子細長的李智明，是班上最聰明活潑的一個，他的見聞最廣，嘴巴也最會講話。他聽到了那悠揚的單弦聲，突然聯想起一條新聞，便趕緊向那兩個小同伴報告：

「嘿，你們知道麼，老校工的黑山羊生了一隻小羊呢。」

他的話使那兩個小聽眾極為興奮，眼睛都睜得大大的，閃發出喜悅的光輝。除了他們的級任老師以外，那個老校工可以說是他們最敬愛的人了，他是個退伍軍人，會打槍、拉單槓、種花、種樹，會用細竹子做成玲瓏的花瓶，這以外，最令孩子們感覺興趣的是：他飼養過許多種小動物，去年他養過一隻猴子同松鼠，引得孩子們常在他的屋前圍觀不去，今年，他又養了一隻黑色的母山羊，啊，那是一隻多麼有趣的山羊，下巴垂著一綹黑鬚，鳴聲卻溫柔得像個小姑娘。老校工和他的羊相依為命，他走到哪裡，羊也跟到哪裡，連他敲鐘的時候也跟著，以致學校的草坪同一些嫩弱的花苗常被山羊殘踏壞，常引起校長的責備，老校工卻從不曾為此而嫌惡他的羊，只在唇邊浮現著帶歉意的笑容，低下頭流著汗，重新將那些草花收拾種植好，一些愛開玩笑的孩子們常常戲問他：

「喂，老校工，山羊是你的什麼呀，你這樣喜歡牠？」

老校工拍拍那黑亮的羊脊背笑了：

「牠麼，牠像是我的女兒。」

此刻，在荷池邊李智明突然發佈了這小羊出生的消息，他的兩個小同伴異常高興，綽號大腦殼的楊京生，同那個滿臉雀斑的賴阿吉，眨動著眼睛，幾乎同時在嚷著：

「大山羊是老校工的女兒，那麼生下來的小羊呢，該是他的小外孫嘍。」

「當然囉，我們去看看吧！」李智明說著，站起來就走，兩個孩子也跟在他身後，誰也不管那些泡在池子裡的抹布和水桶了。

三個孩子繞過了運動場，來到學校後門的旁邊，在一株古老的欅樹下面，一間木板屋孤零零的立在那裡，一股草香同霉溼的氣味，自那半開的門窗縫隙透發出來。老校工正寫意的坐在他的木屋中，捧著粗瓷的花碗在喝茶，那把會嗚咽的單弦琴，就擱在他的膝上，他的身後，那紅泥的炭爐上，一隻水壺在冒著白汽，他前邊的屋角處，堆著才割來的新鮮青草，草上蹺臥著黑山羊，那隻新生的小羊，全身披著烏黑發亮的軟毛，頭頸聳動著在老羊身邊吮乳。因為當初校長是禁止他養羊的，在這一片小天地裡，只有人羊雜居共處，倒也其樂融融。到了晚上，老校工才用兩塊薄木板將羊圈同他自己的寢室劃分開。賴阿吉看到那稚嫩的小羊大為開心，先「嘻」的一聲笑了起來。李智明和楊京生也嚷著：

「老校工。小羊太好玩了。」

「啊，老校工，山羊媽媽還長著那一大把黑鬍子哪。」

老校工啜著黃澄澄的茶水，怪得意的說：

「看吧，可不許動手去摸小羊，牠會駭怕的。」但儘管他這麼囑咐著，賴阿吉卻趁他回頭放茶碗的當兒，悄悄的摸弄了一下小羊的微涼的耳朵，又面紅紅的縮回手來。他太喜愛這個皮毛光潤像塑膠玩具似的小動物了，他感覺到自己的心在劇烈的跳動著，啊，什麼時候才能把這可愛的小羊兒抱在懷裡，看牠的眼睛睜睜閉閉的嚼著青草呢？老校工像是窺破他的心理了，瞅著他發出高亢的笑聲，他不禁窘迫的低下了頭，慢慢的踱出了木板屋，回到課室去整理書包。在歸途中，賴阿吉向他那兩個學伴只重覆的說著一句話：「假如那小羊是我的，我一天到晚將牠抱在臂彎裡，帶著牠到各處去玩，餵牠最嫩的草吃。」

十多天過去了，一個星期四的早晨，第三堂的課後，楊京生突然想起了那隻新生的小羊，便慫恿他原先那兩個小伙伴去看，李智明很高興的答應了，賴阿吉正坐在階前的陽光裡，聽到他們的提議似乎一點也不感覺興趣，只低著頭挖指甲，像有無限心事似的搖搖頭：

「你們去吧。總去看小羊做什麼，又有什麼好玩的呢？」

李智明和楊京生兩個人去了，他倆都覺得賴阿吉今天的態度很奇怪，卻猜不出原因來。兩人走過運動場時，還在牆陰裡拔了一些青草，預備送給小羊同黑山羊吃。

他們真感到幾分驚訝了，老校工的木板屋今天卻是關著的，他們輕輕的敲了一下，推門進去，老校工蓋著一條灰色的舊軍毯躺在床上，他那把心愛的單弦琴，也靜靜的懸在壁上，默默無聲，紅泥炭爐中沒有升火，一把空空的水壺歪在地上，黑色的母山羊在牆角哀鳴著，不見了小羊的蹤影！

「老校工，小羊呢？」李智明揑著那把帶泥的青草，怔怔的四下張望著。

「小羊嗎，不見了，不知教誰給抱走了。」老校工的眼球上佈滿了紅絲，浸潤在淚水裡。

「那末，趕快去找呀！」楊京生焦灼的說。

「近處的山上，田裡，樹林子裡頭，都找遍了，哪裡有小羊的影兒？那麼小的一隻羊，又會跑到哪裡去？」「你病了嗎，老校工？」李智明注意到老校工異常憔悴的臉了，顏色枯黃，上面的皺紋更多了，真像一幀木刻。

「前天，下課後，正趕上大雷雨，我到教務課去看屋頂什麼地方漏雨，回來，小羊就不見了，我冒著大雨跑了幾個鐘頭去尋，衣服都澆溼了，現在有點發燒，不要緊的。」他停頓了一下，乾咳了幾聲，又指著床頭那一籃紅柿子：「你們去告訴同學們，就說我預備了一籃柿子，誰給我找回了小羊，這籃柿子就歸誰……」

兩個孩子望望老校工病黃的臉，同那一籃紅艷的柿子，只覺得黯然，答應了一聲，便怏怏的走回課室，上課鐘還沒敲，也許是替代老校工的人忘記了，賴阿吉仍木然坐在階前，見他們來了，一聲不響，又低頭去挖指甲。他們卻湊到他的面前，告訴他說：

「你知道麼，老校工的小羊丟了，他自己也病了，真可憐呢，他還說，誰能幫他把小羊找回來，就送給誰一籃柿子，又紅又大的柿子。」

賴阿吉歪過頭來瞅瞅他們，仍然一聲不響，但顯然的，這個消息使他難受了，臉上的一些雀斑，顏色似乎更深了些。

下午八點多鐘光景，天色已漸漸的黑了下來，那所小學的前後門早就關閉了，還加了鎖，寬敞的院落，寂靜無聲，只有牆根一些草蟲在竊竊私語著。

老校工才服過了湯藥，偃臥在床板上，望著屋外深藍的夜空，一彎號角似的下弦月，漸漸的升了起來。忽然他看到一個黑影在牆頭幌動著，在那朦朧的月影下，並看不太清楚，只依稀看出是一個小孩子。他心中一驚，以嗄啞的聲音喊著：

「是誰，做什麼的？」他說著，自床上坐起，到枕下去摸他那件自衛的武器——一根短的木棒。

「是我呢，老校工……。」是一個熟悉的孩童的聲音，老校工卻一時想不起是誰來。他拖著鞋子走到門邊，那個短小的身影漸漸挪近了，近了，是五年級的那個賴阿吉！身上依然著了學校的制服，一團黑漆漆的東西，在他手臂間蠕動著，天啊，原來是那隻丟失了的小羊！那孩子三腳兩步的跑進了木板屋，將那隻抖動的小羊送到老校工的懷裡，他喘息著，抽噎著：

「還給你吧，老校工，……我真不應該，這幾天小羊也餓壞了，牠沒有奶吃，我的老祖母也沒有錢……，我們沒法給牠買奶粉……。」

老校工扔下了他手中的短棒，他有幾分驚呆了，一時竟不知說什麼，半晌，他彷彿才明白了過來，摸摸在面前蹦跳著的小山羊，望望那幽暗燈影中帶淚痕的孩子，這不是夢呵，一切都是這般真實的，只是這一幕太出乎他的意料之外了，以致他激動得連話也說不完全了：

「呵，阿吉，是你……。」他俯下身子將小羊推送到咩咩鳴喚著的黑母山羊身邊，又走到床邊，取了那籃柿子，遞到那哭泣著的孩子的手中：

「這個，是我早就答應了送的，你拿去吃吧……。」籃子中的柿子，紅得像火燄一般，透發出誘人的香味來，只因摘下的日子太久，有幾枚已經要爛了。

那孩子推著柿子籃，他的全身都在顫抖：

「不，老校工，我不要柿子，只求你不要對人講出去……。萬一……。」

「我……，我真沒想到是你，你放心吧，我決不會講的，我知道你平常是一個好孩子……。你大概是太喜歡這小羊了吧，什麼時候你願意來看牠，你就來吧，你也可以把牠抱回去玩……。」看到孩子那付可憐的模樣，老校工的心軟了，他的手緩緩的撫摸著孩子的額髮，突然，另一個孩子的影子，浮漾上他的心頭，幾滴熱淚自他的眼中滲了出來，灑落在賴阿吉低垂著的頭頸上：

「我原來也是有一個孩子的，如果他活著，也有你這麼高了，只因我太想念他了，才養一些小動物來解悶，……只要你肯常常來看我，這隻小羊，是我的也是你的……。」一股溫柔的父愛，在老校工的內心中熾燃著，他的面頰有幾分發熱了。

「老校工，你太好了，……我是沒看見過爸爸媽媽的……，除了我的老祖母以外，沒有一個人對我好過……。」那孩子哭了，他揉揉眼睛又笑了。美麗的笑，像燭光一般，同時照亮了那張多皺的老臉，和那長著雀斑的黧黑面孔。

上弦月徘徊在窗外，照著那一老一小蹲在地上看羊。

氣球

天色灰濛濛的，空氣異常溼潤，好像就要落雨的樣子，遠處林中，新來的鷓鴣鳥在啼喚著，一聲接一聲。後院中地上的草濃綠得真像煙一樣了。但是二月的風，仍帶著無限的寒意，燈節才過去沒有幾天呢。小文同琴子瑟瑟的倚坐在竹編的圍牆邊，他們都著了顏色鮮麗的毛線衣，遠遠望去，真像是一叢怒放的杜鵑花。

小文向琴子絮絮的說完了他那隻小白兔逃掉的事，忽然又想起了一樁更要緊的事情，他伸手到褲袋裡掏了許久，掏出了兩個氣球，他炫耀的向琴子說：

「哪，瞧，這是我舅舅從臺北帶來的。」他拿起氣球在琴子的眼前

捏了一下：「哈，這隻兔子形的有兩隻長耳朵，這一隻呢，是大象，你看它還有一條長鼻子。」

琴子怯怯的伸出手去摸弄著兔耳朵，羨慕的說：

「你為什麼不吹起來呢？」

「我要留到明天再吹，將象鼻子吹得長長的，等明天下午舅舅從日月潭回來，我要他給我同這個長鼻子象拍一張照片，我坐在椅子上，抱著這個大氣球。」小文一邊說著一邊用手比劃著，他的小心靈真感到幾分得意呢。他想，就憑這兩個氣球，他就會在琴子的眼中勝過同班的另一個男孩子小楠。他微帶幾分倨傲的神氣望著琴子：

「琴子，我敢說小楠就沒有這麼好看的氣球。」

琴子凝望著氣球，無語的點點頭。

小文志得意滿的轉過身去，他想去摘幾朵搖曳籬邊的燈籠花，送給琴子編隻小花籃，他採花才盈一握，回過頭來琴子卻不見了。

他追到門邊，向著那蹣跚而去的小身影喊著：

「琴子回來，給你這些燈籠花。」

「我不要——。」琴子回過頭來，面色緋紅的說了這末一句，便像一個小火苗似的躥進隔壁她的家中去了。

小文望著天上的灰雲，他感到異常的寂寞，也有一點不安，他不知道琴子為什麼要走，並且還走得那麼突然。他忽然間又想起了他放在後院草地上的那兩個小氣球，明天他要拿著氣球照像，相片要送給琴子一張……，他匆遽的跑回後院，草地上空空的，只有幾片扶桑樹的落葉……，青草是沒有手的，後院又沒有人來過，是誰把他的漂亮的氣球拿走了？

他歪著頭想了又想，突然，一個念頭在他心上萌生，他的面孔因氣憤而有點紅脹，踏著腳將那些手摘的燈籠花踩個稀碎，他語急氣促的隔著竹圍牆向鄰院喊著：

「琴子！琴子！」

沒有人回答他，只聽得王媽媽的織毛衣機在嘀答的響著，幾隻高視闊步的大火雞，在鄰院的美人蕉叢中踱著，發出咯咯的啼聲……。他又焦灼的喊了兩聲，琴子家的老女傭出來了，手中拿了一些才洗好的衣衫，笑吟吟的說：

「啊，文哥兒，一會兒不見琴子就要喊嗎，她才回來一下，又出去了，不知道又跑到哪兒去玩了。」

小文很覺失望，他悶悶的走開了，他的心中又是多麼的憤恨呵！

「哼，看你拿了我的氣球跑到哪兒去！」

他的母親提著錢袋要出去了，她問小文要不要陪他上街，他只心不在焉的回答著：

「媽，我不去。」母親看著他的神色有點不對，嘴裡喃喃著：

「這孩子今天怎麼啦！」說著自己去了。小文聽見母親的清脆履聲，同開大門的聲音，只剩下他自己了！他坐在石階上，捧著臉，眼中滲出了兩點清淚。心愛的新氣球，負心背義的琴子！他對她可真夠好的了，這些時候來，他送給過她多少小禮物啊：美麗的羽毛，紙盒子，鐘錶形的橡皮……，如今她卻……。他低頭默坐，無聊的咬著自己的指甲……。

天色漸漸的暗了下來，再過一會兒就得點燈了，他又曾向鄰院問過兩次了，琴子還沒回來，他當真有點焦急了，心中的憤恨似已轉化為另一種情感，他在院中再也呆不住了，索性站在大門口，眼睛直直的凝視著巷口，心裡想著：

「天這麼黑了，琴子還沒回來，這小傢伙，只是為了兩個氣球嗎？我一定不和她打架，我只告訴她，拿人家的東西是壞事情，公民課本上讀過的。」

忽然琴子的哥哥小二子從他的家門中跳了出來，口中正吹著一個大氣球，還用手捏弄著那象形氣球的長鼻子，另一隻手中，更拿了一個白色的氣球，啊，是有兩隻長耳朵的！

小二子見小文，拿下了口中的氣球：

「小文，怎麼了，你好像才哭過？」

小文並沒理會他的話，只急急的問著：

「誰給你的氣球？」

「怎麼，你覺著好玩嗎？我的妹妹琴子給我的，前天她把我的兩個氣球吹破了，我要她賠，這是她今天賠我的。」

「她從哪兒得來的？」

「誰知道，小傢伙的壓歲錢早花光啦，說不定這是賣氣球的掉在地上的，被她揀來了。」

小文的心劇烈的跳動著，他想說出：「這是我的！」但是一種莫名其妙的感情使他抑制住了。他仍靜靜的守望在那裡，等待著那小罪犯自巷口出現。

半晌過去了，巷那邊的小樓，已亮起了第一盞燈，他驚喜的發現那熟悉的，垂著兩根小辮子的身影由遠而近……，他三腳兩步的迎了上去：

「琴子！」

「嗯？」她顯得多忸怩啊。

「琴子你到哪裡去了？」他的口氣是那麼急，小嗓音竟有點顫抖了。

雖在幽暗中，仍可以看出琴子的臉紅紅的，她微聲的回答著：

「到小楠家去了。」

小文聽她又提到同班那個大眼睛的男孩子，他有幾分妒嫉了：

「他的家住得那麼遠，還要過橋呢，……不要，不要再去了……。」

琴子咬咬那莓子似的小嘴：

「好！」

他們相對沉默了幾秒鐘，小文終於鼓起勇氣：

「琴子，你看見我的那兩個氣球沒有？」

「沒有！」琴子的聲音是那樣低微。

「但是……，你賠你哥哥小二子的那兩個呢……。」

琴子的頭垂得更低了，一句話也不說。

「琴子，我不要和你打架，但是，你知道，拿人家的東西是壞事情，我們的公民課本上講過的……，我會請舅舅再給我買，也給你買……。」

琴子仰起頭來，向他羞愧的望了望。

小文的手伸了過去，將那隻更軟更胖的小手握住，他俯在琴子的耳邊低聲的：

「只是，只是……，你不要再去找小楠了……。」

雪祭

露薏莎坐在屋簷下的一段大木樁上，捧著小臉呆望著紛飛的雪花。她抬頭望了望灰濛濛的天空，又低下了頭。人家都告訴她說，她的哥哥到天上去了，和一些聖人、善人以及她的亡故的父母在一起了，唉，如果哥哥是在天上，他為什麼不在雲縫裡露出都張紅褐色的面孔來，以他那雙澄藍的大眼睛看看小露薏莎呢，小露薏莎如今是多可憐呵！她憂悶的掏弄著那兩個小衣袋，將藏放其中的兩件愛物拿了出來擺弄著，從前，她有哥哥，還有這一個絨布縫的小白兔同斷臂的洋娃娃，現在呢，只剩了這些了，只有這兩件破舊的玩具，陪伴著臂上纏塊黑紗的小露薏莎！

隔著窗子，好心的安東尼嬸嬸在喊她去喝蔥頭湯，唉，小露薏莎太

難過了，她實在不想去喝什麼蔥頭湯了。

她想起十月中的那個日子，哥哥沒等工廠放工的時候，就提早趕回他們那低矮幽暗的小屋，身上還揹了一枝槍。他在水龍頭旁邊尋到了小露薏莎，頻頻的吻著那張濺滿水珠的小面頰，告訴她說：哥哥是熱愛祖國的匈牙利好青年，就要去打那些蘇俄強盜們去。然後，他又伸著那隻大手比劃著，微笑著說：如果趕走了那些強盜們，他們的生活就可以好一些了，他也可以有錢給小露薏莎買些新的玩具同故事書了。忽然間，他的臉色又變得那麼憂鬱，俯在她的身邊低聲的說：「小露薏莎，如果萬一哥哥不回來了呢，你就去跟著安東尼嬸嬸他們吧，他們全家都是心腸很好的人。」他又說：他已囑託他們代為照撫小露薏莎了。那時，露薏莎看到哥哥的面頰上閃著淚光，她感到驚異：像哥哥這麼高大的人竟也會哭？她迷茫的一句話也說不出來。但哥哥不等她說出什麼，便匆匆的跨過門檻，大踏步的走了。及至露薏莎拖著那雙過大的破鞋子追到巷口，哥哥那著了棕色外套的身影，已在那石橋上移動了，她哭著喊哥哥，哥哥回過頭來向她揮揮手，還有他的一些同伴們也都同時回轉身子，向她高聲的說著：「再見了，可愛的小妹妹！」……呵，從那以後，哥哥就再也不曾回來過！

她揉著凍紅了的小下頦，又想了下去，那以後的日子，似變成一個可怕的夢，在她的記憶中，是一片槍炮聲、廝殺聲，閃閃的火光，以及俄國人的坦克車開動聲……她已記不清怎樣被安東尼孀孀抱到她的家中，那個好心腸的婦人還在她臂上纏了一塊黑紗，一邊吻著她，一邊擦著眼淚說：「好孩子，別難受，你的哥哥已經到天上去了，和你那善良的爸爸媽媽在一起了。」

呵，爸爸、媽媽、哥哥都到天上去了，只留下小露薏莎坐在這裡，坐在安東尼孀孀家的屋簷下，哥哥答應她的那一些新的玩具呢，新的故事書呢？……她又望望天空，那抹蒼灰似更加深了，雪仍然在落著，並且落得更密了。

忽然，耳邊傳來一陣淒楚顫抖的歌聲，許多著了黑色喪服的女人，排成了長長的行列，經過門外，安東尼嬸嬸也穿著一件黑衣，自房中走了出來，拉著小露薏莎便向門外跑：「來呀，孩子，我們也和她們一塊到無名英雄墓前，去弔祭你的哥哥吧。」

小露薏莎茫然的跟在安東尼嬸嬸的身後，呵，那真是一個長長行列呢，都是女人！一些白髮皤然的老太太，扶著手杖，吃力的在冰凍的地上蹣跚著；一些婦人們，有的懷中抱著孩子，神情悲戚的唱著哀歌；還有一些年輕的小姐們，手中捧著新鮮的花束，花瓣上閃爍著的和露珠一樣的淚點，小露薏莎跟著這行列踉蹌的走著，盈耳是一片淒楚的歌音，啜泣聲同鞋子踏過雪地的沙沙微響……。

驀然的，她的小手被一隻溫熱、柔軟的白手握緊了，她仰起頭來，啊，是瑪利雅小姐！當哥哥還沒到天上去的時候，她是常常到露薏莎的家中來的，臉上總是閃著溫柔的微笑，神祕的衣袋中，也似裝著取不完的糖果……。但每逢她到來的時候，一向好性情的哥哥，就要向著小露薏莎板起了面孔：「喂，到外邊玩去吧！」她只有順從的跑到巷外，去找那些手臉滿是泥垢的小玩伴們去遊戲，有時，她也悄悄的蹓了回來，偷偷的向房中巴望，看到哥哥和瑪利雅小姐並肩而坐，快活的笑著、唱著、他們坐得多近呵，瑪利雅小姐那金閃閃的長髮，幾乎飄到哥哥的寬闊肩膀上了……。今天，瑪利雅小姐也來了，金黃的柔髮上，也披了一塊黑紗，雪花又在上面綴了一些白色的星星，看上去似乎清瘦了一些，但卻更好看了，小露薏莎呆呆的望著她，她覺得她美得如聖像上的天使。瑪利雅小姐向她悲哀的笑著：「我也是去祭奠你的哥哥呢。」

小露薏莎的小手一直被握持在那柔軟的掌心裡，她模糊的憶起從前也曾被媽媽的手如此握持著，一樣的柔軟，一樣的溫熱……。走著，走著，走過了一些殘破的建築物，走過了一些白色的長街，忽然的，這長長的行列停止不前了……。小露薏莎穿過了人縫悄悄的探望著，只見一些醜惡、笨重的俄國人的坦克，像一堵城垣似的橫在前邊，上面更有一些猙獰可怕的人，手中皆持了槍枝，做出放射的姿勢，阻止這行列通過，想來這便是那些俄國強盜了……。

行列中有一些婦女們湧了上去，向那些殺人不眨眼的凶神們理論著，訴說著，也有一些在咒罵著，喊叫著，哭泣著。更有一些人在揮舞著手臂，預備衝向前去，再展開一次英勇的戰鬥……。僵持了許久，小露薏莎才聽到行列中傳告著：那些凶神們只允許放三個人過去，到那無名英雄墓前……。她更聽到一些婦女們以嘹亮的聲音喊出了瑪利雅小姐的名字，她高興的笑了。瑪利雅小姐聞聲鬆開了和她相握的手，匆匆的跑到行列的前面去，但她又像記起了一件事，急急的跑回到小露薏莎的身邊，向她耳語著：

「親愛的小露薏莎，我要代表大家到英雄們的墓前去了，你，你可有什麼東西獻祭你的哥哥嗎？」

小露薏莎掏著她的衣袋，她惶急的發現：那兩件愛物——斷臂的洋娃娃，絨布的小兔竟不曾帶出來，她的小臉脹紅了，她焦灼的向四下張望，驀的那地上白皚皚的積雪，照亮了她的眼睛，她彎下身子，以紅腫的小手捧起了一把雪，匆匆的摶成一個雪球，天氣很冷，她囁嚅著將它遞給了瑪利雅小姐：

「瑪利雅姐姐，每年冬天，我哥哥最愛和我玩雪球……。」

瑪利雅望著她點點頭，眼圈紅紅的將那雪球接了過去，然後，扯下了頭上的黑紗，小心翼翼的將那白色的祭物包了起來……。

小露薏莎默默的望著天空，呵，哥哥會不會喜歡她這簡單的祭品呢……。她揉著眼睛，開始無聲的啜泣。

為紀念匈牙利抗暴運動而作

小珉

雨已經落了三日，天空仍然是灰濛濛的，沒有放晴的意思，空氣沉悶而又潮溼，屋外柳樹林裡有一隻幽怨的鳥兒，斷續的發出了單調的嗚喚，那聲音聽來如此淒咽，也似被雨點浸透了。

媽媽坐在小凳上縫著一件小裙衫，屋內是一片寂靜，只偶而聽到剪刀的聲音，此外便是壁上那只古老的掛鐘平勻的嘀嗒著。小珉呆呆的站在窗檻上，望著那縹緲的雨絲，小手指在窗玻璃上亂劃著，她是如此的寂寞，她故意的提高了嗓門，問著媽媽：

「媽媽，你說過我還有一個姐姐，她叫什麼名字呢？」

媽媽仰起臉來，望望那個小身影，又低下頭去，語聲是低抑輕柔的：

「呵，小珉，我早就告訴過你了，她叫小若。」

「現在她在哪兒呢，怎麼不來？」小珉有幾分焦灼的問著，手指在玻璃上劃著螺旋樣的圈圈，指尖已塗滿泥垢了。

「她早就埋葬在重慶一座山上了。」媽媽嘆息著說。

小珉沉默下來，她不再問了，她意識到這是一件悲慘的事，「埋葬」了，多可怕！姐姐大約是埋在一只白色的長長小墳墓裡——她平日是把「棺材」叫做「墳墓」的——唉，真憂愁，她要哭出來了，但她又忍住了，歪著小頭，凝望著玻璃上那些圈圈兒，又去想另外的一些事。

「哪，媽媽你不是說我還有一個舅舅麼，一個整天坐大船的舅舅，他又在哪裡呢？」媽媽從前告訴過她，她有一個在船上做大副的舅舅，她一時說不清楚，只好說有個坐大船的舅舅。

母親懶得再去提這些悲哀的話題，她只無精打采的說：

「我不知道。」仍去靜靜的去縫裙子上那些小襇褶。

小珉望著天邊的怪樣烏雲，有的像大魚有的像飛鳥，她又想起了許多事：

「舅舅是在美國吧，小薇說她的爸爸是坐了大船到美國去的，美國有些什麼地方呢？」

「有摩天樓，有唐人街……還有黑人區……。」媽媽隨口漫答著，她望看窗外綿密的雨絲，盤算著一些煩人的瑣事，地板間漏雨了，廚房的水管子也壞了，要找工人來修理……還有孩子過節要穿的新衣服沒縫好……另外還有一篇文稿……那個刊物的編輯已經來信催問過兩次了。今晚只好寫個通宵，把最後那兩章寫完，去換一筆錢來……她的目光轉望到窗外那鉛色的天空，她皺皺眉頭，呵，日子總是這麼灰黯，她渴望著明天會看到燦爛的陽光……。

小珉不了解媽媽的心事，只在那裡高聲的笑著：

「呵，還有黑人區，多好玩，都是住了一些小黑人吧，我要是能去美國，就要住在黑人區，舅舅一定也住在那兒吧？舅舅如果給我買一輛小自行車多好，像小薇的爸爸自美國帶來的一樣……。」她邊說邊想，烏髮散亂的小頭低垂在胸前……。媽媽沒理會這個小小幻想家，她見鐘針已指到五點半上，便匆匆站了起來，放下針，紮起白布的圍裙，走進廚房。

晚餐後，媽媽看見小珉坐在桌邊，神情專注的捏著一枝鉛筆在紙上寫著什麼，及至發現媽媽站在她身邊，便以柔和的小聲音央求著：

「好媽媽，給我一個信封吧，要好看的，上面畫著飛機的。」

媽媽自信紙夾裡抽出一只信封給她，轉身又忙著去整理食具，及至她回到桌邊，才發現小珉已經疲倦的伏在桌上睡著了，小臂彎下緊緊的壓著一封信，信封上是幾個傾斜的字：

美國黑人區

舅舅收

那幾個字看得出是以鉛筆用力描畫出來的，顏色很深，在那兩行不整齊的孩子的字跡裡，卻似充滿了真摯的感情，媽媽凝望著它們，唇邊現出一絲悲哀的笑影，打開信封，她打開那張「小學課外作業」的藍格紙，默默的看了下去：

親愛的舅舅，你好嗎，我真想念你。我要一輛小自行車，媽媽不肯給我買，請你給我買一輛好嗎？就像小薇的爸爸給她買的那樣的，綠色的，真好看。小珉鞠躬。

這封坦直而誠懇的短信，使媽媽更深深憶起自己那個弟弟，自從多年前他那條商船飄至遠洋後，便沒有音訊……，她的眼睛溼潤了，幾滴清淚落在她的手背上，她低下頭去，吻了一下那紅潤小面頰，把那個夢中的孩子抱到大床上，將窗子關了，拉起窗幃，然後再回來，在微黃的燈影裡，將那封天真的信件又讀了一遍，然後小心的褶疊起來，藏放在抽屜底。望著牆上的聖像，她悄然低語：為了那小心靈的緣故，請寬恕我這隱匿信件的罪過吧！

清晨，小珉醒來了，她像是記起了什麼事，踢開被子，赤裸著白嫩的小腳跑到書桌邊，大睜著黑黑的眼睛：

「媽，我那封信呢，昨天我寫給舅舅的？」

「信，我已經給你寄走了。」媽媽伏在枕上低聲的說，枕邊是小珉未曾看到的一片淚痕。

「那麼舅舅會為我買輛自行車來吧？」

「當然會的。」媽媽拖著那件長長的棕色睡衣，緩緩的走到小珉身邊，將她抱了起來，輕輕的吮著她的小面頰，小珉望著牆上的大鏡子，做了個滑稽的笑臉，她的小心靈充滿了歡欣，自媽媽懷中掙扎著跳了出來。

一天天的過去了，小珉又想起了那件事。

「怎麼舅舅的信還不來呢？」

「大概來了，也許他到別處去了，不久又可回到……黑人區，看到你的信。」

小珉唱著「羊媽媽」的歌，跑到院中的金雀花叢，向著幾個小玩伴歡呼著：

「我有個舅舅，住在黑人區，過幾天就給我買小自行車來了。」

小玩伴不懂什麼黑人區，只眨眨晶亮的小眼睛，羨慕的看著這未來的自行車的主人。

「借給我們騎呵！」

「當然！」小珉搖著一頭烏黑的柔髮，興奮的模倣著媽媽平日的口頭語。

一天小珉家裡來了一個藍眼睛的和善的外國修女，是一個慈善機關的主持人。小珉一進門便扔下書包，偎近媽媽的身邊，熱切的低聲的詢問著：

「這個外國人是不是從舅舅那個黑人區來的？」

「是呵！」媽媽無心和她糾纏，只順口答應著，但小珉卻怔怔的四下巴望著，末了，心思無限的低下頭去，嘴裡塞進一顆東西去，她默默的想著自行車的事。

那個陌生的外國客人，說著生澀的中國話：

「小妹妹，真可愛，你幾歲了？」

「……。」

「小珉為什麼不說話呢？」媽媽也問著。

小珉搖搖頭，指指她自己那鼓鼓的腮，跑到屋角去。

媽媽這才恍然，不禁笑了起來：

「對了，小珉的嘴裡含著個甜梅子，捨不得吐出來。」

但梅子終於被吐出來了，小珉羞澀的仍不肯同客人講話，只俯在母親耳邊咕嚕著：

「媽媽，這客人說舅舅給買了小自行車沒有？」

媽媽心中萬感交集。含淚低語：

「說了，他就要給你買，去玩吧。」

但小珉還不放心的叮嚀：

「媽媽，你叫客人去告訴舅舅，小自行車要買兩輪的，不要三輪的，……三輪的不好，我是大孩子了，讀二年級了，怎麼能騎三輪的呢。」

媽媽無語的點點頭。

客人起身告辭了，媽媽送到門口，小珉又站到窗檻上喊媽媽回過頭來，招手擠眼的向媽媽示意。

「別忘了告訴她呀。」

媽媽送走來客回屋，小珉又向媽媽苦苦的問著：

「客人去告訴了，大約小自行車很快就買來了吧？」

「快了，大約很快就買來了。」媽媽深湛的眸子，顯出沉思的神情，緊緊的捏住小珉汗溼的小手。

晚上，小珉睡下後，媽媽自皮包中取出僅存的一點錢，出去買一輛半新的塗著綠漆的兩輪小自行車，放在院中。

晨光初露，小珉自夢的國度中才回來，媽媽大開了窗門，指著院中廊前的那輛小車，它半覆在輕蔭裡更顯得綠油油的可愛：

「小珉看，舅舅買的自行車運到了。」

一聲歡呼，小珉躍出屋外，一手摸弄著發亮的車把：

「真好，什麼時候送來的？」

「昨天晚上，你睡了以後，飛機自美國黑人區運來。」媽媽沉吟片刻，又帶著含淚的微笑，撫摸著小珉的柔髮：「舅舅還託飛機上的人帶口信說，你的信他已經收到了，他還說，你寫的很好……。」

養鴨者

天氣晴朗，陽光照在地上，像灑了一片蛋黃。老蕭坐在他的房子前面，自一只洋鐵罐裡倒出了半杯熱開水，慢慢的喝著，杯口上氤氳著一股白汽，薰得他的臉熱撲撲的，他望著那板壁上的裂隙，一隻肥大的蝸牛，正在上面爬行著。

這是一棟木板搭築的小房子，很像一只木桶，木板是陳舊欲裂的，用些鐵片釘了起來，屋上覆了塊鐵皮，落雨的日子，雨點在上面敲出一串叮咚琤琮的細響，聽來有一種悅人的情調，但太陽炙熱的日子，鐵皮被烤得滾燙，夏天耽在這裡，就有幾分難熬了，但老蕭熱愛他的這棟房子，他更喜歡著屋子周遭那片空地上的景色，以及屋後那方起著綠膩的

池塘。他還記得，當他才自一個擺煙攤的老婦手中，轉租來這棟木板屋時，屋子四圍都是一片翠綠的麥田，麥熟的時候，四處飄散著芳香，一片金黃的顏色，擎托著那片碧藍的天空，使他不禁想起故鄉來。但如今大部分的麥田都被墊平了，建起高樓華廈，只有他屋旁那一方麥田，因為地價未曾談妥，所以得保留了原樣，每次隔著窗眼，望著那一片鮮活的翠綠新生麥苗，他的內心不禁感到幾分忐忑，呵，如果一旦這方麥田賣掉，他即將失去了他的這片小天地。他的這棟木板屋，因為這木屋建地是屬於這一塊麥田主人的。如果這片麥田賣掉，可能連帶著也將賣出了他這木屋的建地，那麼他便又得另找棲處了。

他想到這裡，不覺嘆了一口氣，悵悵的望了一眼浮掠在藍空麥苗間的雲影，又舉起他那只陶土的杯子，咕嚕的喝了幾口泡得失去味道的茶水。

「我已經六十歲了，我真希望早點回到故鄉去。」他的耳邊，又似傳來了故鄉村外那一陣陣的松風。他自衣袋裡掏出一包香煙，拿出一支燃著了。他真有點憂悶，更夾雜著老年人特有的那份悲哀。

「這時候，我即使死了，也不會有一個人知道。」

他感到無限的寂寞，他想到他那遙遠的故鄉，那個小小的漁村東邊，挨近河畔的那座灰瓦的小磚房，那洋溢著鮮魚味的清晨，那屋門上的白土布簾子，以及上面那些手織的花紋，……和那些熟悉的面孔……，這一切都顯得那麼遙遠了。如今跟隨著他的，只有那一枝笛子，那一枝發青的竹子削成的，如今竟因年代久遠，汗水的漬浸，變得發紅發亮了。前兩年，他每天出去修理皮鞋，回來還有興致吹弄一下童年熟記的小調，最近一年來，健康大不如前了，再也沒有興致去吹什麼笛子。同時，眼睛也變得昏花了，做不成鞋匠的那份細活，只有去做個清潔夫，天才亮就攜著那輛轟隆亂響的車子出發，更將那一車沉重的垃圾傾到城外的河裡，太陽出來，正是別人上班的時間，卻是他下班的時候。這工作是單調的，卻也不是沒有趣味的——常有些泥鰍似的小孩子跟在他車子後面，學著他搖鈴子的模樣，更摩弄著他的車把：

「有沒有玻璃瓶?鐵罐子,餅乾筒?給我一個。」

「今天沒有,明天我看見就給你留。」他利用那些破爛的東西,結交了一批小朋友,他愛他們,他們也愛他,他們喊他做:「倒垃圾的老頭子,」他聽了並不生氣,卻只笑笑說:

「倒垃圾的老頭子,是喜歡你們這一群小猴兒的呀!」

但著到傾倒完了垃圾回來,小猴兒們都散了,交還了那空空的車子,他又感到難言的惆悵。

他尤其不喜歡晴朗的天氣,像今天這樣輝耀的陽光,和他沉鬱的心情正形成一鮮明的對比。他默默的在戶外坐了一忽兒,便無精打采的去淘米做飯,看看那一股細小的水流從他的掌上流走,……忽然他聽到背後有唧唧的柔聲,他回過頭來,看到一隻瘦小的鴨子,站在他的腳跟邊,好像出生才有一個多月,一身凌亂的灰黃茸毛,一付十足的狼狽相,他瞅著牠竟笑了:

「喝,你真像個敗家子,你的模樣兒還不如我呢。」

他順手撒給牠一把米：

「嘿，小伙子，吃吧，我的情況也不見得比你好多少呢。」他蹲在地下，撥弄了一下那還沒有長齊了羽毛的短翅膀，他感到幾分開心，管牠是個什麼樣，到底是個活物，他瞅著那可憐的小鴨，孩子一般的笑了起來。

鴨子聳動著肩胛，在地下啄食著米粒，同時更發出「呷，呷」快樂的聲音來。牠啄淨了地上的米粒、菜屑，就到屋外去了，頭揚得高了一些，吃飽了，樣子也比較從容了。

第二天早上，他還在那張竹床上沒有起身，就聽見木門下面像小拳頭叩敲似的，同時更伴著一陣：

「唧、唧、唧。」的聲音。

他趕快赤腳下地，打開了門，那隻流浪的小鴨便老實不客氣的，在以頭撞門，見他開了門，便大模大樣的走了進來。看到牠那從容不迫的神氣，他不禁又笑了，趕快撒到地上一把米：

「呵，老伙伴，你的記性不錯，你又找到我這兒來了。」

一連這樣幾天過了，每天這隻小鴨都要來造訪，每次他都不吝惜以一把米來招待牠。小鴨漸漸的似和他廝熟了，吃完了米仍耽著不走，撿著地上的菜葉吃，更在屋邊的水溝裡啜飲幾口水，然後，逍遙的引頸鳴叫幾聲，以表示牠的愉快與滿足，可惜的是牠的喉嚨不似以前尖細悅耳了，像是一個倒了嗓子的少年，牠的聲音變得那樣沙啞，好像風吹過窗紙，聽來格外的可笑了。

「誰家的小鴨子呢？」他一邊瞅著那蹣跚在地上的小生物，一邊納罕的自問著。

「管他呢，反正牠來了，我就招待牠。」他自語著，又彎下身子，捏捏小鴨羽毛漸豐的翅子，只是，這小把戲的嘴巴也越法長得難看了，兩個大鼻孔像兩個小黑洞似的，牠的嘴巴呷呷的叫著，然後又走了。

他每天總要多為這小鴨拿出兩把米，一個月後，他的米缸漸漸的落出底來。

他賣去了他那件舊外衣：

「我現在家中有兩張嘴了！」他向他的朋友們說著，搓著那雙多結的大手。

自第一次出現後，這隻鴨子就從來未曾缺席過，並且漸漸的來得更勤了，在他的室內時出時沒，牠一出現，就會引起了老蕭的笑容，牠一走，望著牠那搖擺的身子，他便擔心牠會被車子軋到或被犬貓咬噬。他有一次忍不住問著這不會說話的食客：

「喂，老伙伴，你是沒有家的呢，避難的呢，還是個小流氓呢？」

說到最後，他自己也不禁咯咯的笑了起來。

但這個小流氓並不說話，只以那一雙漆黑的眼睛望著他，牠顯得高了，身軀也長了，已經沒有昔日那股稚氣，好像已步入成年，顧盼之間，就彷彿有了一種自得的神氣。

夜裡落了一場雨，到處溼淋淋的，清晨的風，更有幾分涼意，在清掃屋後落葉的時候，他發現那隻小鴨瑟瑟的躲在屋簷下面，全身溼透，好像要凍僵了的樣子，他把牠捧了起來，放在懷裡，用自己的衣襟遮覆住牠！

「原來是你呵，沒有家的小流氓！」他充滿愛意的撫摸著牠的頭，小鴨眨著眼睛：

「唧、唧、唧。」

「你既然沒有家，我就給你造一個吧。」他找出了一只大肥皂箱（原是他做衣箱用的），在裡面鋪了些稻草，便將小鴨擺放在裡面，上面又覆上一個大鐘形的竹罩。

自這天起鴨子便正式的成了這木板屋中的一員。

天氣不好的時候，他便將鴨子的住處搬到屋簷前的樹蔭下，天氣好的時候，便把牠放了出來，任牠在屋前後的草地上蹣跚著，他跟蹤在牠的身後，像一個慈母般的關切。

每次他拿了飯菜同清水送到鴨子面前時，那靈巧的小動物，便走到他的面前，向他呷呷的叫著，好像是表示感激。每逢這樣的辰光，他便伸出手來撫摸著那毛茸茸的小身軀：

「你懂得我對你好，嗯？」

他說著，心裡感到無限的溫暖，他覺得自己不再是寂寞的了。他和牠說話，向牠作手勢，有時高了興忍不住喊牠：

「小流氓，」或「老伙伴。」

鴨子也溫柔的呷呷的叫著，似對他發出了應答。

有時他的朋友來了，看到他正站在樹蔭裡餵鴨，便問著他：

「什麼時候養的鴨子，好肥，可以殺了吃了。」

他神情嚴肅的擺擺手，把嗓門放低了，像怕鴨子聽懂會傷心似的：

「不，我要養牠的老，牠和我做伴。」

一個寂寞的老人，伴了一隻鴨，就這樣過著平靜的日子。

一天午後，他為鴨子窩換上了一些新的稻草以後，自己才要關上木屋的門板要午睡時，忽然有一個中年的女人來找他，他認得那是前面街上雜貨店的女老闆，她日常主要的生意是販賣鴨蛋。

他拿出了口中的香蕉煙：

「老闆娘，你有什麼事嗎？」

那婦人轉動著眼珠，四下搜尋著，一邊向他說：

「有一天，我看見你養的那隻很肥的公鴨了，你可以把牠借給我用幾天嗎？我那十幾隻鴨子裡面，只有一隻公鴨，前天卻瘟死了。」說著，她又追問了一句：「你那隻鴨子在哪裡？」

「哦，哦，你說的是我那個老伙伴，哦，哦，牠還小呢。」他笑笑，又幽默的說：「牠還小呢，你那些鴨子，卻都是比牠大吧？」

老闆娘悻悻的望了他一眼走了，嘴裡還不住的咕嚕著，說著一些怨責的話，她惱恨他，她不明白他為什麼不肯將鴨子出借：

「哼，只不過為了一隻鴨子！」

那老闆娘走後，他卻跑到屋後，一下子尋到那正在太陽裡瞇著眼打瞌睡的鴨子，他又把牠抱在臂彎裡：

「喂，小流氓，老伙伴，有人要你去入贅呢，我可是沒有答應，那個老闆娘子也許生氣了，她以為我捨不得你……，哦，我真也捨不得你，萬一你去了他們不肯再送回來，萬一他們照顧不好你……。」說著，他的眼睛變溼了，人家都覺得這是一隻鴨子，一隻平常的土鴨，但是，誰能知道他和鴨兒中間的感情呢。他一招喚牠，牠便呷呷的應答著，蹣跚的走來，他一捧起牠，牠便緊緊的向他的胸懷裡扎去，像是一個最解人意的小孩子，他感到那心頭上的溫熱，他不再是寂寞的，他不忍離開牠，即使只是一天的工夫……。

但第二天清晨，他出去做清潔夫，回來後，他照例又捏了一把米，倒了一罐清水在叫著：

「喂，小流氓，老伙伴，來呀，該吃飯了呀……。」

他卻聽不到那唧唧的鳴喚聲了，鴨窩裡，空無所有，只有一些凌亂的稻草，上面還留著幾根灰黃色的鴨毛。

他到處的尋覓著，呼喚著，但不見那隻鴨的蹤跡。

晚上，他走了回來，頹然的垂著頭，凝望著每天餵鴨的罐兒，裡面還有半下清水，亮亮的，照見他那緊蹙的眉毛。

第二天中午，一個鄰家的孩子告訴他說，昨天他出門的時候，曾看見那個雜貨店的老闆娘在他的後院裡出來，手裡拿了一個簍子。

天正落著細雨，他匆匆的跑進那家雜貨店，拭著滿額的雨珠，向老闆娘詰問著：

「老闆娘，你看見我家的鴨子沒有？是不是跑到你家來了？」

「什麼，你家的鴨子？這麼遠，怎會跑到我這裡來呢？」

他轉眼看著後院的一群鴨子，正在水窪裡嬉戲著，在那一群蠕動的影子中，他看見他那「老伙伴」了，才經過了一晝夜的時間，牠好像已消瘦了不少，羽毛被雨水濡得溼溼的，神情也是無精打采，好像一個落難的公子，他的淚不覺淌了下來，一手指著那隻鴨。

「老闆娘，我買你的這隻鴨子！」

「我不賣，我的鴨子都是留著生蛋的。」

「但這是一隻公鴨。」

「這是我才買來的，我才不肯賣呢。」老闆娘冷冰冰的望著他，面上像落了一層霜。

「我很喜歡這隻鴨子，……隨便你要多少錢……。」他的聲裡，竟像是哀求了。

「不賣！」那個老闆娘轉過身去向一個顧客去打交道了。

他悄悄的走到那店後面的空地，三腳兩步的將那隻鴨子抓在手裡：

「喂，老伙伴！」

鴨子望望他，習慣的眨眨眼睛：

「呷，呷！」

牠的聲音像是更為嗄啞了，牠的身軀在抖動著。

「喂，老伙伴，你認得我嗎？」他以溫熱的手掌撫弄著那溼溼的羽毛，轉臉望著那表情冷酷的老闆娘：

「我說，老闆娘，這隻鴨很像我以前那一隻……。」

「你有什麼憑據，你有什麼憑據……」老闆娘自他的手中搶過了那隻鴨子，用力一擲，鴨子哀鳴著被扔回那隻竹籠裡，牠翻了一個身，在雨水中站了起來，抖了抖羽毛，又嗄啞的叫了兩聲。

「我喜歡這隻鴨子，你就賣給我吧，多少錢好商量。」他又軟化了，他怕這事情會鬧僵，甚至於這冷酷的老闆娘會虐待他的這隻鴨子，或者殺了牠……。

他後悔當初未曾在鴨頭上或翅膀處塗點顏色，做個記號……。

他又當掉了他那唯一的毛氈，用超過普通售價兩倍的價錢買回了他那「老伙伴」。

他將鴨子擺在他的破呢帽裡，一路捧回來，鴨子在帽子裡縮著頭頸，呷呷的鳴叫著，他看著這小動物消瘦了的身軀，更長的黃嘴巴，他像慰撫一個老朋友似的安慰著牠：

「這幾天你受了委屈了吧，老伙伴……。」他嘆了一口氣：「我決計不再丟下你了。」

他決定辭去了清潔夫的職務，以僅有的餘錢，配了一付老花鏡，又重新挑起他的擔子，做起鞋匠來。挑子的一端是釘錘、皮革、繩線……，以及一些修補皮鞋的用具，一端則是一隻竹簍，裡面裝了他的「老伙伴」。

他每次為人家修理皮鞋時，必敲著他的小釘錘發出了叮叮的響聲，而竹簍的鴨子也伸長牠的頸子，唧唧呷呷的叫著，好像為牠這鞋匠主人伴奏一般，往往牠的頭自竹簍的小口處探了出來，四下轉動著眼睛，那樣子像裝了彈簧的偶人，老蕭便放下了釘錘，笑吟吟的按了一下牠的頭蓋骨：

「你又悶了嗎？老伙伴？」

鴨子乖乖的縮進頭去，在竹簍裡蠕動著，作出窸窸窣窣的聲音。

每個過路人都好奇的打量著這奇怪的一對——鞋匠和鴨，有的竟站在他們旁邊，很有興趣的注視著久久不去。

有一天，他們又出去了，在一條長巷裡，他暫時的放下了他那修理皮鞋的擔子，休息片刻，同時，給他那老伙伴——鴨子餵一點水喝。

巷中一個深綠的小木門打開了，走出了一個玲瓏的白衣服的小姑娘，她那麼小巧，可愛，像一朵瑩白的槐花。她拿著一雙白色的長筒小皮靴交給他：

「哪，給我修一下好嗎？」

他拿起了那雙靴子，打量著那底子的破處：

「是要補塊新皮子嗎？小姑娘？」

「不，縫縫就好了，媽媽說補上皮子怪難看的。」小姑娘細聲細氣的答著。她轉眼看到了那隻竹簍裡的鴨子：

「歐，老鞋匠，你怎麼修理皮鞋還帶著鴨子呢？」

「嘿，小姑娘，那鴨子是我的老伙伴，我把牠放在我那木板房裡不放心，所以每天出來總帶著牠。你喜歡牠嗎？」

「不，不，我嫌牠骯髒！」小姑娘捏著鼻子說。

「牠並不髒，每天牠在我房子附近的水池裡洗呀洗的。」說著，他便打開了竹簍，將那隻鴨子放了出來。

鴨子為這意外的幸運而感到驚喜了，牠好像不習慣似的在巷中的鋪煤渣的地上搖擺蹣跚著，潔淨的羽毛，在日影下閃發著柔和的光澤。

「多好看的一隻鴨子呀！」小姑娘拍著手歡呼著。

「牠很乾淨吧，牠還有點通人性呢。」他一邊引著縫鞋的麻線，一邊說。

「我總想養一隻鴨子，但是媽媽不讓。」小姑娘挖弄著鼻孔，歪著頭打量著這隻可愛的小動物。

「有一天……，有一天，如果……，我就把牠送給你養，小姑娘，只要……。」

「只要什麼?你當真肯把牠送給我嗎？」小姑娘笑著問。

「只要你真喜歡牠，像我一樣的喜歡牠就成。」他停了針，望了望小姑娘；「我的老家離這裡很遠，在這個島上，我沒有什麼親人，我的親人只是牠，只是牠……」他說著，指著那隻鴨，此刻牠正歪著身子到水溝裡去喝水，頭頸一聳一聳的。

「啊……」小姑娘似懂非懂的望著他，自他的手中接過了那雙修好了的小皮靴子。

他將那隻鴨子抓回竹簍，挑起了擔子，口裡吆喝著：

「修理皮鞋呵！」一邊吆喝，一邊望了望小姑娘家的門牌，默默的記在心裡：

「福德巷，十一號……」

回到家裡，已近中午，他草草的用過簡單的午餐，餵過了鴨子，然後，帶著牠來到屋後那一方水塘邊。

晴明的初秋午後，空氣裡有著一股草木的清香，沒有風，池塘的水是靜靜的，在日影下發著光，像是一枚鎳幣。在畔岸之處，生了些濃密的水草，倒影為池水鑲了一道綠色的邊兒。鴨子跳進水中，寫意的水上漫游著，並不時的用嘴洗刷著牠那一身絨線似的羽毛。

他將帶來的竹凳放下來，坐在水邊，燃著了一枝香蕉煙，煙紋慢慢的在輕風中飄散了，他望著煙蒂上的火星，默默的想起許多事，第一個浮上他心頭的，是家鄉裡村前那片水……。那片水開始在他的心頭溶溶漾漾，閃閃的發光……。十五年了，他不曾回到那裡去過，他不知道那裡已變成什麼樣子，……他突然感到一陣心悸，他更想到水邊的那塊石頭。那麼白，那麼潔淨，在澄明的藍天下，望去竟像一塊玉石，就在那塊大石頭旁邊，常常有一個人用竹籃兒裝著要洗濯的衣裳，俯身在河邊洗著，搓著，河水在她的手掌的拍擊下，發出有節奏的聲響，那漾動的河水，更照見了她那細長秀美的眼睛……。忽然，一切的幻影都消失了，只有那隻鴨，他那「老伙伴」在水上浮泳著……。他以充滿了柔情愛意的眼睛望著牠，他將煙蒂扔在水中，雙手托著腮，向水上望去，近岸處的水裡，在那淡藍天空，細鱗般碎雲的背景上，映現出一個頭髮蓬亂，憔悴的面孔，久未薙剃的絡腮鬚，發出黯淡的青色……，那面孔使他吃了一驚，他未想到自己竟成了這一付模樣，他的心口，又在隱隱作痛了，最近半個月來，這心口疼竟似更為加劇了，且更為頻數了，開頭他曾安慰著自己，以為那是夜間感受了風寒，胃病又復發了，他以為這老毛病是不要緊的，但最近，心口疼得更為劇烈，並且往往在一剎那間，心臟似乎停止了跳動……。他不敢向那可怕的處去想，但是他又無法不向那可怕處去想，他更想到這個「老伙伴」，一旦失去了他的愛護時，該成了什麼樣子……。

太陽漸漸的斜了，天邊水上都出現了燃燒的紅雲，他和鴨子自水邊回到那木板屋，一邊走著，他的心中做了一個決定：

「牠陪伴我這麼久了，我應該給牠安排個舒適的去處，萬一有一天我躺了下來……」這麼想著，他雙手捧起了那隻鴨子，親切的喊著：

「老伙伴，你還是離開我吧……，我再也不捨不得你了，這是為了你好……。」

……

有一天早晨，住在綠門裡的小姑娘收到了一只密封起的竹簍，裡面是一隻活鴨，簍外面，用紅麻繩絟了一方小紙片：

「小姑娘，這隻鴨子還是送給你吧，因為我不知道自己還能餵養牠幾天，你說過，你會像我一樣的喜歡牠。」

小姑娘似懂非懂的望著這紙片，打開了竹簍，放出了鴨子，一邊怔怔的問著拿竹簍進來的女傭：

「是誰送來的？」

「一個瘦老頭，他說你也許還記得他，他給你修理過一雙小皮靴子呢。」女傭低聲的回答著，臨走出屋子去時，她更問了一聲：「真怪，他為什麼送這個給你呢？」

「我也不知道。」小姑娘覺得很納罕，望著她腳下的那雙小靴子，她的心上，又現出了那兩隻發紅發溼的衰老的眼睛……。

「老伙伴！」她模倣著那老鞋匠的口吻，走近了那隻鴨……。

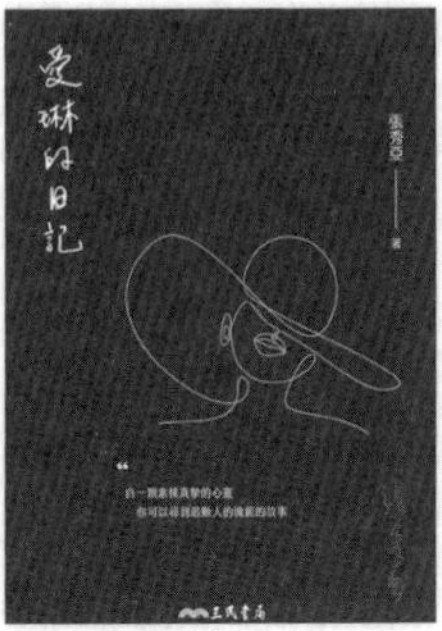

愛琳的日記

張秀亞／著

本書記錄張秀亞女士在臺中生活的點點滴滴，以及對文藝創作的看法。作者以優美細膩的文字，在筆端燃燒內心的熱情，並擁抱生活和大自然的愛與純真、追求人生深邃的真理、領略不平凡的感情與崇高的意念，發現人性的真、善、美，漫溢在這紛紛擾擾的人世間，感動你我的心。

北窗下

張秀亞／著

一扇向北的小窗，為心靈繫上想像的翅翼，一泓曲澗、一枚小石、一片綠影，醞釀成一篇篇的飄逸情思。張秀亞女士在窗內捕捉璀璨的意象，於窗外尋繹人生的啟示。她的文字，有掇拾記憶與自然的喟嘆、洞徹人性及真理的光輝，洋溢著動人的芬芳。她用深富哲思的文筆，樹立抒情美文的典範。

我與文學

張秀亞／著

你是否終日為生活所需而忙碌？你有多久不曾留意身邊的人事物？「美文大師」張秀亞女士以美善的心靈、細膩的情思、優美的文字寫成這本《我與文學》。它將開啟你的心靈，讓你以新的眼光來看待身邊的一切，發現日常的美麗輪廓。

國家圖書館出版品預行編目資料

那飄去的雲／張秀亞著.——三版一刷.——臺北市：
三民，2021
面；　公分.——（張秀亞作品）

ISBN 978-957-14-7174-7（平裝）

863.57　　110005528

張秀亞作品

那飄去的雲

作　者｜張秀亞
發行人｜劉振強
出版者｜三民書局股份有限公司
地　址｜臺北市復興北路386號(復北門市)
臺北市重慶南路一段61號(重南門市)
電　話｜(02)25006600
網　址｜三民網路書店 https://www.sanmin.com.tw

出版日期｜初版一刷 1969年7月
二版一刷 2005年1月
三版一刷 2021年6月
書籍編號｜S850330
ISBN｜978-957-14-7174-7

三民書局